赤土

一个移民村庄的
存在与时间

夏佑至 ——

著

广东人民出版社

· 广州 ·

图书在版编目（CIP）数据

赤土 / 夏佑至著. -- 广州 : 广东人民出版社,
2025. 7. -- (万有引力书系). -- ISBN 978-7-218
-18518-7

Ⅰ. I25

中国国家版本馆 CIP 数据核字第 202525Y368 号

CHI TU
赤 土
夏佑至　著

出 版 人：肖风华

书系主编：施　勇　钱　丰
责任编辑：陈　晔　龚文豪
营销编辑：黄　屏
责任技编：吴彦斌

出版发行：广东人民出版社
地　　址：广州市越秀区大沙头四马路10号（邮政编码：510199）
电　　话：（020）85716809（总编室）
传　　真：（020）83289585
网　　址：https://www.gdpph.com
印　　刷：广州市岭美文化科技有限公司
开　　本：787毫米×1092毫米　1/32
印　　张：8.75　　字　数：135千
版　　次：2025年7月第1版
印　　次：2025年7月第1次印刷
定　　价：56.00元

如发现印装质量问题，影响阅读，请与出版社（020-85716849）联系调换。
售书热线：（020）87716172

本书的写法是特别的。回忆只是书中线索之一，叙事和解释将被编织在一起。我想通过这本书探索一种文体，一种语言风格——它介于文学话语与社会科学话语之间，既有非虚构作品的质地，又包容虚构作品的全部特征。

CONTENTS

目

录

引　子

耶稣会是个后起的天主教修会，由七名修士创立于巴黎，为首的依纳爵·罗耀拉（上海徐家汇天主堂以他的名字命名）出身巴斯克名门望族，是退伍军人，强调绝对服从。早期耶稣会成员是罗马教会里有改革倾向的年轻人，为了对抗新教的崛起，决心吸收欣欣向荣的近代人文和科学知识，将其纳入天主教的神学体系。这些年轻人都是饱学之士，也有经营实际事务的才干，于是积极拥抱大航海时代的现实，推进海外传教。耶稣会传教的重点在南美和远东。这里只说亚洲：从印度果阿，到马六甲和日本，耶稣会士在茫茫大海中构筑了一些立脚点，像不连续的句点，遥遥指向东方大陆。那是 16 世纪的事，距今约有 500 年啦。

罗耀拉在蒙马特高地创建耶稣会时，他在巴黎大学的学弟和室友、小他 15 岁的巴斯克小老乡方济各·沙勿略是七个创始会员之一。沙勿略后来被教皇指定为耶稣会第一个海外传教士，1543 年离开罗马，踏上去东方的远路，先后在果阿、马六甲和日本传教。在日本，沙勿略对中国产生了兴趣，便搭乘葡萄牙人的商船，到达位于珠江口的上川岛。多少年来，这座小岛是东洋西洋走私贸易的基地，葡萄牙人曾驻扎在这里等候信风。有人答应来上川岛接沙勿略，送他去大陆。沙勿略等了又等，这个人却一直没有出现，进退两难，又得了疟疾，不久就在岛上去世了。据说沙勿略死后 100 年中被埋葬过多次，并且遗体不腐，教会和信众都认为是奇迹。1614 年和 1619 年，同一位教皇两次下令，砍下沙勿略遗体的右手和上臂，右手送回罗马，保存在耶稣会总堂的祭坛里，上臂送往日本。1622 年，另一位教皇封沙勿略为圣人。沙勿略的肩胛骨和内脏也作为圣物分送四方。400 多年来，每隔一段时间，果阿就会举行大规模朝圣活动，展示圣人遗体。狂热的朝圣者尤其想亲近遗骸的脚，据说这样做有很大好处，但沙勿略的脚因此变得破破烂烂。1755 年，葡萄牙国王不得不介入此事，写信给果阿当局，禁止他们这样做。但有些事情是国王也阻挡不住的。

　　以前我当然不知道这些。我只知沙勿略是普天下天主教传教士的主保圣人，同时是上海董家渡天主堂的主保圣人。在中国，他的名字总是和另一个名字——马提奥·里奇——联系在一起。沙勿略去世那年，马提奥·里奇生于罗马东北方向的马切拉塔古城。冥冥中两人的命运似有某种关联。30 年后，马提奥·里奇追随沙勿略的足迹，也从罗马启程，去了东方。他运气较好，经澳门抵达中国，从此生活在那里，直到 1610 年去世。马提奥·里奇有个广为人知的中文名，叫利玛窦。

　　利玛窦入华经历和沙勿略一样曲折离奇，他在中国的生活更是充满传奇色彩。我和同事大有曾去五角场拜访一位教授，向他请教利玛窦的生平经历与作为。教授带来一摞书，在他宽敞的新办公室里和我们寒暄一番，坐下来便问我们有没有做准备工作——我想那是指有没有读过教授关于利玛窦长达 900 页的专著和一系列译作，我和大有同声作答，答案却相反。教授于是挪挪身子，不再直面我，转而继续考问大有去过什么地方、见过哪些人、读过什么书。他们提到一些地点、人名和书名，我对史景迁那本引人入胜的《利玛窦的记忆宫殿》颇有印象，但因为当场被冷落，不便打断他们的谈话，无聊中翻起教授带来的那堆书（都是教授新近出版的著作，每种两本，签名并加盖印章），以掩饰讪讪的感觉。访问结束后，教授认真写下我们的名字，把这些书送给我和大有：这个环节可能纯粹出于礼貌，但那是后话了。我翻书的时候，他们的谈话还在人为压抑的节奏中继续。教授说话比常人的语速明显慢半拍，似乎时时在斟酌字词。这样的谨慎是年轻时养成的习惯：教授在学生时代曾是风云人物，留校任教之初给系里老先生们不少压力，"文革"后，这些压力原路奉还，在教授身上留下了一言难尽的烙印。而我这位同事又是个沉默寡言的摄影师，两人前言不接后语的谈话本来随时有冷场的可能，但当话题转移到利玛窦为明朝皇帝制作世界地图一事，似乎社交试探和推搪中出现了一个安全的兴奋点，双方语速突然都快了起来，让我颇感意外。

日后我和大有渐渐熟悉，甚至有过一段很快便无疾而终的恋情，知道他有收集地图的爱好，家里到处都是挂图、地球仪、地图集、旅行指南和形形色色的导览手册，虽是些常见物事，但各种折痕和不同颜色的标记表明他仔细阅

读 / 使用过这些地图，由此回想起他和教授的那次置我于不顾的谈话，才终于感到释然。世界上有爱读书的人，爱钓鱼的人，爱开跑车的人，当然也有爱地图的人，比如教授和大有。

讽刺的是，地图爱好者在日常生活中是不折不扣的路盲，就算手持地图，他掌握的知识也不能使他免于在陌生甚至熟悉的街头迷路。回头想想，这可能是导致我们分手的潜在原因——我不喜欢没有方向感的人。另外，大有还有些奇怪的癖好。有时他站在路边看农民工铺人行道，一看就是半天。那是 2000 年代初上海最典型的市政工程，工作本身十分简单乏味：几个中年工人往挖开的路基上洒一层沙子，铺上灰色长方形砖块，再用橡胶锤敲实找平。他们没精打采地做着手头的工作，还有一搭没一搭地跟大有聊天，显然习惯这样磨洋工。我问大有，铺地砖有什么好看？有一瞬间，他露出睡眠被打断的人特有的迷惘表情，稍后才如梦方醒，解释说，如果不上大学，他可能也在上海铺地砖。那时我对男人知之不多，看着他食草动物一样温顺和略微鼓出的眼睛，过长且粗壮的脖颈，一瞬间产生了微妙的感觉，一种想要了解他更多过去的冲动。

探寻一个人的记忆，往往是亲密关系的开始。那时我还不懂得这个道理，对拥有完美记忆力的是一些自愿守贞的男人的说法产生了兴趣——这个说法来自史景迁。守贞是耶稣会士誓言之一。据说他们掌握神奇的记忆术，通过将记忆空间化和视觉化，便可快速精确地记住想要记住的任何内容，无论书籍、图像，还是耳闻目睹之事，均能随时复述，一字不差。在利玛窦的中国岁月里，他不止一次应邀表演这种神奇本领。可想而知，在一个强调记忆和背诵的文化中，照相机般的记忆力总能引发轰动。利玛窦想用这种方式吸引他未来的信众，也的确取得过成功，至少他自己这样认为。就这样，我找来很多关于利玛窦的材料，胡乱看了一番，希望写文章不要再出洋相，同时感觉自己在跟教授和大有赌气。除了史景迁的著作，那些书和论文都很乏味，最后我得出结论，除非到利玛窦一生去过的地方走一遍，就没办法真正了解这个人。回到报社，我向分管编辑通报自己的结论，一改在教授办公室里张口结舌的窘迫，滔滔不绝，丝毫不像是速成专家。在报社里，我因为经常提出不切实际的想法小有名气，但这些想法最后都被资深编辑斥为逃避工作的借口。事情真相可能离他们而不是我的说法更近，但我每每据理力争，因为被拒绝感到痛苦生气，偶尔激动到几乎哽咽，看上去与愤世嫉俗只有一线之隔。但重走利玛窦之路这个提议，编辑们一反常态讨论了很久。我在工位上第一次感到恐慌，希望他们像以前那样否决我的想法。我愿意承认这个想法不够严肃，只是为在教授和大有那里挽回面子信口开河。我为编辑们草拟了几个拒绝的理由：

1）经费不足；

2）时间不足；

3）能力不足；

以及 / 或

4）没必要小题大做。

每个理由都曾被编辑用于否决我的选题，而且不止一次。我正胡思乱想，编辑们开完了会，面无表情或若有所思地走出会议室，有几个同事经过我的工位，旁若无人的样子让我摸不着头脑。我装作不经意望向会议室门口，发现我的编辑在那里探头探脑，目光交接后立刻将我锁定，同时略微向右侧偏，也许还点了下头。我伸长脖子，准备用一个困惑的表情应答时，他已经转向另一个部门，用目光找到大有，发出了同样的信号。

　　如果史景迁所言不虚，利玛窦的记忆术足以改变人类经验的性质，因为在如今通行的解释中，记忆更像是选择性遗忘：一个充满有意无意的擦除、修改和重塑的进程。人们总说，记忆意味着人类经验的延续和同一特征，甚至连制度、惯例、道德这些语词及其背后的意义，也是社会化了的记忆。但我们身处世界的经验正被层出不穷的技术（以意想不到的速度）改造，行动的弹性和变通更容易得到奖赏——遗忘需要勇气，是"创造性破坏"的前提，无法忘记因此成了某种永恒困境的极端形式：如果我们失去记忆（以及对它们社会化形式的认知），例行的日常生活将消失在每时每刻都无比新鲜的刺激中，我们可能受困于恐惧或亢奋，但也可能创造出前所未有的经验，而无法忘记意味着我们不能悬置过去的选择及其后果，因此无法做出新的决定。如果无法忘记（或自由地修改过去），我们就要彻底陷身于已经发生的事情，不能重新开始，我们必须一开始就做（并且永远做）正确的事，否则就始终处在道德困扰或败坏的境地中。

　　对利玛窦记忆宫殿的真伪，史景迁保持着后现代历史叙述者特有的含糊其辞，但读者还是能从利玛窦漫长而孤独的传教生涯中体会到无法忘记带来的痛苦。记忆变成惩罚，而遗忘可能获得超额回报，这种悖论和地图爱好者没有方向感一样有讽刺意味。地图其实也是一种记忆宫殿，由遵循特定规范的图像和文本构成。这些图像和文本将空间编码为叙事，预设使用者掌握了解码知识，就可以找到通往任意地点的道路。然而，事与愿违，自由出入符号迷宫的经验，置换了地图爱好者对真实空间的感知。我的同事大有走在街上，必须将眼前三维的空间在大脑中转换成二维平面，才能决定行走的方向。转换经常出错，就像早年用 Word 文档生成 PDF 文件，有些地方字符脱落，变得语焉不详，令人困扰。但你们应该看看他迷路的样子：镇定，不动声色，目光快速扫过路牌和店招，似乎那里藏着他和世界接头的暗号，然后目光原路转了回来，眼神虽然没有涣散却毫无深度，像个丢了密码本的蹩脚特工。我怎么会喜欢上这种人，简直是个谜。

　　5 月底我们飞到罗马，漫无目的地转了几天。每天早上，大有从酒店前台拿一张城市地图，仔细标注走过的路线，停留过的餐馆、商店、博物馆、遗迹、校园和墓地，不厌其烦的态度如同第一天来到地球的外星人。纯属偶然，我们找到小梅充当翻译和地陪。那时她在罗马大学学习拉丁文，课余带我们浏览罗马城的古迹。对这座城市略熟悉些之后，我和大有不时产生时空穿越之感，仿佛走进一本历史教科书——当然也是因为小梅的解说风格十分学术。真正令人迷醉的是罗马的春天，披上新绿的丘陵离开城市向远处延伸，轻快的白云或卷或舒，仿佛在追随地上起伏的线条。500年来，春天想必大同小异，利玛窦和我们都是这座永恒之城的过客，只是他没机会见到小梅这样喜欢自作主张又让人放松的女孩。知道我们此行目的后，小梅帮我们联系了一些采访对象，有些名字在此前案头工作中已略有耳闻，大多数远远超出我和大有的知识范围。轻松/艰难但通常漫长的采访之前/之后，大有选定位置，布好光，为我们的拍摄对象拍照。这些照片是我们非同寻常的旅程中的物证，证明花一笔钱送两个记者重走利玛窦之路可能是值得的。相比之下，文字缺少这种证据性质，访问蜻蜓点水，欠缺深度，让我感到苦恼。

为向小梅表示感谢，我和大有买了酒，去她的住处做饭，饭后饮酒直至深夜，尽管菜单上没有大有擅长的酿豆腐，仍然宾主尽欢。大有对小梅的专业十分感兴趣，问东问西，很难理解为何有人对一门死了大半截的外国语言感兴趣。大有的问题令我尴尬，似乎我对他的愚蠢负有部分责任，小梅却浑然不觉，轻松解释她学习语言乃至成为历史学者的人生规划。多数时间我们在城中闲逛，大街小巷似乎永无尽头，给我们罗马很大的感觉。后来我意识到，那是无所事事又充实的日常生活带来的错觉。那时候我们精神饱满，肌肉纤维富有弹性，骨骼中钙质充足，吃得好，睡得着，世界就像是内分泌作用的幻象。

小梅临时起意，陪我们去马切拉塔。我们开心拥抱。为了友谊，我宣布去掉她称呼中的"小"字。大有在一旁微笑。梅跳起来，用胳膊围住我的脖颈，另一只胳膊揽过大有的腰，有一瞬间三人头靠头，仿佛参加三人制篮球赛的球员在等候开球。我闻到梅黏在汗津津额头上的头发散发出的青春气息，想起利玛窦写的第一本中文书——虽然编译甚于创作——书名正好是《交友论》。我和梅一路喋喋不休地交谈，无论坐车、走路、吃饭，就像两个中学女生，甚至洗澡和睡觉也粘在一起。说到睡觉，我不记得那些日子有没有睡过觉。我们在彼此话语的洪流中陷入半梦半醒状态，犹如木盆中的婴儿，随波逐流，隐隐感到世界隔着语言拍打自己。从小到大，我因为性格冷淡而过于孤单，也可能因为过于孤单而性格冷淡，总之缺少亲密朋友，总是若有所失，所以此刻的兴奋实在无以言表，自觉肢体动作严肃又夸张，犹如宫斗剧中二号女主角，为吸引观众注意，不免用力过猛。尽管如此，到底和梅说了些什么，早就忘得精光，只记得几天后和大有吵了一架。具体起因不明——十有八九我们中某个人语气不善，可以肯定与接下来的行程安排有关。地图爱好者的脾气虽然温和却失之刻板，慢热的危害之一是亢奋状态比普通人更为持久，一旦开始拍照，大有就会毫不犹豫拒绝配合别人的时间安排。他对细节的执着令我不解。在愤怒中，我向他指出，这些细节与利玛窦及我们的工作毫无关系，而是——仅仅是——因为他有恋物癖。

这种争吵与个人无关，纯属公事上的分歧，却让与我们同行的朋友觉得受伤。梅以为是她让我和大有产生了嫌隙。其实并非如此。我们原计划从马切拉塔回罗马，与梅分手后，我和大有将西去葡萄牙，沿利玛窦的足迹，在葡萄牙人的两座古都科英布拉和里斯本稍作停留，然后飞回亚洲，前往果阿。接下来路程还长着呢：科钦、澳门、肇庆、韶州、南昌、南京、北京。因为教会指示、地方上的敌意和远在朝鲜半岛的战争，利玛窦踏足中国后，便失去了行动自由。历史上有一类因被动而伟大的旅行家，利玛窦便是其中之一。不害臊地说，这倒和我们这一行颇有相似之处。离开罗马前，我心平气静地考虑要不要独自走完剩下路程。那是在梅住处的长沙发上，我盘腿而坐，梅躺着，头搁在我大腿上。这姑娘头发又厚又密，隔着牛仔裤，不但扎人，还很闷热。我没有意识到那是与梅话别，当时毫不伤怀。大有坐在房间另一端角落的木椅上，半边身体隐没在黑影里，一声不吭。从专业角度说，我和大有的争执不过因为工作方式有差异。分歧甚至没有提交给编辑让他们裁决，虽然我担心有一天不得不这么做。总之，我们闷闷不乐地告别罗马和小梅，去了葡萄牙，在科英布拉以成年人的姿态达成和解。从那之后，重走利玛窦之路便顺水顺风。几个月后我们回到上海的编辑部，同事们纷纷说，我和大有比出发时黑得太多啦。

对写作者而言，重现记忆宫殿及其细节是不可能的，除非史景迁本人同样擅长此术，并且毫不怀疑，任何人经过适当训练，都能掌握这种技艺。否则，和我们已知的所有故事一样，利玛窦的故事只能在无法忘记和失去记忆之间的某个点上才能被讲述，因为讲述一个故事，既非对已经发生的事情毫不走样的再现，也非不经任何中间媒介直接产生的顿悟，而是将记忆（也可能是遗忘）转化成行动的意义框架。一个故事和一幅地图是如此类似，正如后者转换并塑造了人类的空间经验，前者深深卷入了人类时间经验形成和演化的过程。世界地图出现之前和之后，有某种无法混淆的区别，一个故事也会在讲故事的人和听故事的人之间引发剧烈或微妙的变化。亲密关系难道不是完全有赖于这种变化？

想起 2000 年代上海阴天的下午，和大有看着农民工蹲在街边敲敲打打，我以为随之而来的心动是可以解释的，因为灰色地砖紧紧塞在一起，唤醒了我年轻身体里另一种欲望。我想了解无边无际的世界，当然也可以是一个具体而微的男人。重走令人疲劳的利玛窦之路没有太大反响，所有意义限于当事人也就是我和大有之间。梅还在罗马读博士，写她关于亚洲传教史方面的论文，曾支配我们的谈话的激情已经消失，让位于给彼此写去长长的邮件，像两个古典意义上的笔友。除了梅，没人在意我们去过哪里，遇见什么人，除了印在纸上的文字和照片，还有什么想法可以倾吐？这种状况让我和大有显得比实际要亲密一些。可能是为了抓住或至少延长旅行的涟漪效应，有时我去大有那里做饭，以酿豆腐下葡萄酒，这是梅期待但在罗马无论如何不能实现的组合。有时我们翻看大有沿途标注过的地图，也翻看他的照片，有时说些往事，主要是大有的往事，因为我和梅的往事已经在罗马和马切拉塔翻来覆去说过太多次了。

　　大有说起往事慢条斯理的风格与我和梅迥异，不知是性别、个性还是话题差异，我意识到，那是我完全不了解的主题：一个孤独自恋的男孩困在 1980 或 1990 年代中国的某个角落里。在大有的讲述中，时间和空间只是个大概，像有人使劲按压液晶屏——界面在变形，有什么东西在框架之下淌来淌去，但变形的到底是事实、记忆还是讲述本身，我也没能力辨清。他漠不关心的语气强化了这种感觉。大有第一次拥抱我的瞬间，我想起梅额上头发和汗的气息。

对扭曲的人性之材，我一无所知。事后证明我和大有的亲密关系很可能出于误会，但我随手记下大有的故事，不但顺理成章，也毫不费力。我给梅的长信中充斥着琐碎见闻和心事，大有的故事有罕见完整的情节，令梅乐此不疲。

　　然而，和地图爱好者一样，对细节了解越多，迷失的可能性越大。看着眼前的男人，我感觉自己正失去现实感和判断力。有时我很疑惑，不知大有为何以及如何变成今天的样子。梅说，何不把大有的故事整理出来？那几乎有一本书的篇幅。这倒也不难。梅又说，这是不错的非虚构作品。我未便可否。毕竟这些故事出自他人之口，机缘巧合由我记录下来，我不应该也无法对其真实性负责。其实我真正想说的是，既然有完全写实的小说，也可以有杜撰的非虚构作品。但这是个未定的理论问题，似乎不宜与小梅多做探讨。我已经意识到，未来的历史学家活泼的个性中，也有刻板一面，那便是对真实的执着。

　　我愿意为这本记忆之书写一篇简短前言：

　　　　大有这个名字和书中故事可能是真的，也可能是大有通过回忆或我在写作中杜撰出来的。以

> 最科学严谨的方法为乌有之乡制作地图：记忆或
> 写作就是这么回事。唯有细节须经得起反复推敲。
> 细节必须符合用来检验叙述是否为真的所有标准，
> 无论这些标准是日常经验、形式逻辑、透视规则
> 还是投影法。

　　我想指出记忆术、制图法和写作之间的相似之处。这
三者是利玛窦在陌生国度立足的关键技能。1602 年，利玛
窦用投影法制作了一副 5 英尺高、12 英尺宽的世界地图，
题名"坤舆万国全图"，献给明朝皇帝。在利玛窦努力下，
大明疆域令人心安地居于视觉化世界的正中位置，但地图
巨大的尺幅让当时的读者觉得，自己被可称之为世界的无
边无际的海水包围着。可能是这种感觉吸引了徐光启、李
之藻之类文人官员，他们和利玛窦合作翻译欧洲人的著作，
并称之为西学，好像翻译是一种克服晕船的方式。我因此
也对梅的专业选择增进了一些了解。利玛窦的世界地图一
度很时髦，北京有点地位的人都想搞一幅，但 17 世纪巨变
迭至，这件事很快被忘得干干净净。梅认为，世界地图对
大明王朝的命运走向没有任何影响。

利玛窦去世后，朝中身居高位的教友纷纷出面活动，皇帝破例允许他葬在北京，墓地位于西城，在今天北京市委党校校园内。那也是我和大有旅行的终点。利玛窦（和另两位耶稣会士南怀仁与汤若望）的墓地坐落在校园中央，与其他 61 块墓碑构成的碑林相伴。已经是深秋，前一天起了大风，天蓝得像镜子，蓝得像照片，薄薄的却有无限景深。兜了半个地球，站在利玛窦墓前，想起我和大有访问过的教授刚刚去世，一片迷路的雪花穿过阳光，缓缓落到我额角上。有位新闻业的前辈说，人生在世，诚如未带地图的旅人。其实有了地图，迷路的概率更高，因为地图让人产生错觉，让人以为目标是道路的一部分，终点可以提前设定。其实哪有这样的好事。多年后，想起从我生活中消失的地图爱好者，就像那天额头上突如其来的冰凉，只是一瞬间，就不知去了哪里。

赤　土

一

中国地势西高东低，呈阶梯状分布。第一阶梯青藏高原平均海拔4000米以上，第二阶梯内蒙古高原、塔里木盆地、准噶尔盆地、黄土高原、云贵高原和四川盆地平均海拔1000至2000米。一组东北—西南走向山脉（大兴安岭、太行山、巫山和雪峰山）斜贯中国，山脉以东平均海拔从不足1000米的低山和丘陵一路下降，直至滨海冲积平原。

在没有卫星地图软件可以查看，也不知道等高线地图为何物时，在地理课上把握中国地形地貌，需要巨大的想象力，并对学生的形象思维能力形成了挑战。大有和周围大多数人都无法通过考验，原因很简单：所谓想象其实是经验的组合，因此人无法想象从来没有经验过的事物。在人格形成的关键时期，地理环境提供的视觉参照会演化成心理倾向。生活在高原和平原地区的人需要忍受单调的景观，但他们获得了生活环境提供的大尺度的视觉经验。这种视觉经验集中体现在地平线上：地平线不仅为观察太阳升落提供基准，也向生活在其中的人展开了尽管空洞但同样巨大的可能性。因为事物密度低，高原和平原对人类心理施加的压力是一种不断弥散、晕染和幻化的前景，如同细节清晰的电子图像在其边缘地带突然变成粗糙的颗粒。这是人类的感觉、情感甚至知识都不能掌握的模模糊糊的存在，最终只能诉诸宗教。

对生活在山地和丘陵地区的人来说，同样大小的地理空间中容纳了更多样的视觉形态，但多样性的代价是局促。事物密度固然有所增加，却被封闭在特写式的视角中，日复一日，视觉细节累积成高度程式化的画面。如果社会不能提供开放和多元的经验，以平衡或弥补环境对身体和性格的塑造，人就会成为这种环境及其边界的奴隶。很多年前，在地理课堂上，由于无论如何都不能获得学习中国地貌时必需的具象的想象力，那种挫败就类似于此。大有和同学们的想象力要么太具象，太例行化，要么太抽象，太符号化——似乎具象和想象力从来不能兼容。

很多年后，大有才理解，具象的想象力需要大量深浅不一的身体经验，以及习惯于对身体经验进行归纳、综合和概述的思维能力。经验丰富的旅行者很容易理解何为具象想象力。在陌生环境中，旅行者时刻都在归纳零碎的经验，以便将其纳入特定文化的逻辑和意义框架。这需要打开他／她的感官，将新得到的经验和已有的经验进行比较，将其中一部分归于确定，将另一部分归于待定，并将某些归于可能的例外，比如禁忌。在很短的时间里，旅行者就能建立起例行化的生活秩序，哪怕这种秩序只是围绕着目的地的旅馆、道路、车站或机场等很小一块区域运作。依托这种临时和快速形成的秩序，他／她才会对这个世界抱着确定的信心，心智和情感由此获得相对自由。

这种自由乃是想象力的源泉，而流动性欠缺导致的挫败感是慢性的。最终，大有与大多数同学把自己在极其狭窄的生存空间中逐渐累积起来的、充满了细节的挫败感，转变成了一种如何看待世界和自身的观念。

这种挫败感，以及挫败感导致的浅薄和画地为牢的倾向，一直困扰着大有。每当想到赤土，想到一些显然重要却始终没有进展的事，挫败感就会袭来。这种感觉熟悉而沉重，令人不适，有时候大有也不能免俗，觉得其中埋伏了某些命运的线索。

"命运"是很玄妙的两个字，也是终极的退路，仿佛冠上这两个字，便可以从负疚感中解脱出来。当然那只是大有个人的命运。顶多还有少数和大有一样在初中地理课上为中国地形三阶梯说感到迷惑的少年，会在人生某个阶段突然意识到，多年来挥之不去困扰着他们又说不清楚缘由的感受，与某个人生阶段置身的地理环境有着密切关联，这时候，他们也许会像后来的大有一样，恍然生出原来如此的宿命感。

这种感受也许包含了失落，但绝无任何意义上的怀旧，更没有感伤之情。它们总是在完全没有防备的时刻突然袭来，伴随着在人生边界突然浮现出来的震惊。比如，多年后的某个秋天，大有在东京迷宫般的地铁站里买票时，一个站名突然从线路图上跳到眼前。如果那天大有没有带孩子，如果孩子不是随时靠在大有身上就会睡着的年龄，也许大有会买一张东京都营地铁票，从日暮里乘车往东京北郊，两站后在"赤土小学校前"下车。但那天大有只是拍了地铁路线图和站名的照片，发给哥哥和妹妹。他们甚至不知道大有是在东京。这无关紧要。大有只是想让他们知道，并非在平行世界里，也有一个地方叫赤土，甚至有一所学校，与他们就读过的小学同名。

学校还在，距离大有兄妹现在的家不到 100 米，但这段短短的路程如今被双向四车道的新国道从中截断。新国道挖断山冈，改变了村子与学校的空间关系，将它们从一体分剖成两半。近几年越来越多挂着外省车牌的大货车满载或空车通过，眼看要将两者从视觉和心理上永久区隔开。这段路面是全国性的国道升级计划的一部分。按照这个计划，穿越 9 个省、横贯赤土的老国道需要分段拓宽，裁弯取直，舍坡就平，而位于小学校舍西边的那段路，上坡连下坡，几乎是一段字面意义上的弯路，于是被"裁"掉了——这个字让大有想起两个做裁缝的舅舅，他见惯舅舅们用三角形粉笔在一块布上画出线条，再操起大剪刀，沿着线将布匹裁开。剪刀开合时发出"嚓——"的一声，轻微又密实，30年后还活灵活现地萦绕在大有耳边。

这段坡道如此之陡，小时候大有骑自行车经过，最多爬到半山腰，就不得不下了车推着走。老国道的走势当然是有原因的：它修建在一条古代驿路上。驿路大体挨着连绵不断的群山山脚，自东北向西南延伸，连通江淮平原和鄱阳湖平原，一路经过学校所在的小山冈。尽管山冈顶部宽不到15米（大有经常一边回忆一边尝试校准这个数字，怀疑它是不是更窄），只是群山向盆谷伸出的许多相连或不相连的臂状小丘陵中毫不起眼的一座，仅仅因为位于驿路旁边，并且下临平野，位于山区与谷地转换的小小节点上，竟然也有了弱化版的枢纽之感。一条进山道路发端于冈顶，与驿路垂直，在交汇处形成"T"字路口，强化了这种感觉。围绕这个自然地理的小小瓶颈，有几间不成规模的商店、茶馆和肉铺。20世纪中期驿路变成国道、进山道路演变成省道之前，这个"T"字路口的情形，与此前一千年中多数时候，应该不会有很大分别。

在那之后，当然大不相同。大有能记事时，现代国家权力延伸到乡村的触角仍在：路口东侧国道两边分列着道班和粮站的院子，正对路口、在国道南侧是三位一体的政权空间：小学、供销社和村委会。尽管"T"字路口及其所在山冈范围极小，这个政权空间又被冈上连绵不断的杉树林包围、挤压在国道南侧一小块空地上，却能居高临下，控扼两条可以通行汽车的公路，似乎仅凭此就无需额外论证自身的权威。有很多年，大有熟悉的乡村道路，在最好的情况下不过是砂石路面，大多数情况下仅是蜿蜒在坡地和水田之间狭窄的田埂。当地唯有这两条路有硬化过的现代路基和路面，可以通行汽车，而人们已知其中一条道路的起点在北京永定门桥——实际上，所有"1"字头国道的起点都必须是在首都。这是一个国家的空间政治或者说象征政治。观念的影子投射得很远，甚至能在政治结构的神经末梢复制一个权力中心，交通很自然地在其中扮演至关重要的角色。

　　道班是必需的，并且和粮站一样，在很大程度上疏离于当地的农耕生活。对年幼时期的大有而言，道班里熬煮沥青的池子以及其中散发出来的气味，和粮站仓库高耸的屋脊下层层叠叠堆码在一起、鼓囊囊装着晒干吹净的水稻的麻袋一样，都带有强烈的异质感。当然有许多痛苦的回忆与粮站有关，但真正令大有印象深刻的却是这种异质感。

被剥夺的屈辱会随着时间推移逐渐退隐，但沥青的气味和粮站的建筑样式永远停留在大有的记忆之中。无法想象乡村生活中养成的经验能够驾驭这种样式的事物。粮站和国道一样，必须建构在另一种组织形态、行为模式甚至是观念之上。它们是国家具体而微的存在，同时又展示了统治权力的抽象性质。这两个小院子位于现代国家庞大的汲取和流通网络末端，与其说是触角，不如说是触丝：规模更小、对周边环境的变动更敏感，实际上也十分脆弱，必须仰赖那种权力高度抽象的性质加以维系。关键就在这里：权力不是来自其他地方，而是来自网络本身，因为信息和暴力可以借助网络流通，同时将国家中大多数人排除在外。权力是排他性的，自上而下，这是生活经验，当然也是规训。

大有兄妹最熟悉的公共建筑分布在小学操场周围。那些"人"字形屋顶上覆盖青灰色小瓦片的大开间平房，连带它们向外伸出的廊檐，围成一个"凹"字形的大院子，院子最靠后，也因此最为隐秘的地方是公共厕所，一座一分为二的永久性临时建筑（"临时"这个词是指它与主体建筑脱离的空间格局，摇摇欲坠的状态和从道德上加以贬抑的气氛），肮脏、潮湿，后墙紧靠突兀耸起的山坡。山坡上林间空地里有一座废弃不用但仍然有水的沼气池。沼气池口很小，里面却宽广，清澈的积水反射出天空倒影，显得深不可测，丢一块石头进去，便发出响亮的回声。老师总担心学生掉进沼气池，于是用大石板将池口封起来。这种担心绝非空穴来风：树林深而密，树下苔藓丛生，犹如王维诗（空山不见人，但闻人语响。返景入深林，复照青苔上），如果小学生落入沼气池，极有可能悄无声息地淹死在里面。但人到底从环境中学到什么，以及动机和效果的匹配方式，都有随机性。总之，危险没有让人却步，反而增加了沼气池的刺激程度，一代代学生在这里玩一种"抢梁山"游戏。那块罩在池口的石板在想象中变成了宋江那把排名第一的交椅。有些年龄大得异乎寻常的学生则轻蔑地挪开石板，对空荡幽暗的地下洞穴大叫一声，然后吐一口口水进去，就为了侧耳听听地面的事物进入地下后轻微的落水声。

从厕所和沼气池的位置关系，可知学校所在的山冈顶部的地势并不平整。建造公共建筑首先需要挖出地基，需要砖石、木材和瓦，需要劳动力，而山冈四周的乡村负责提供一切所需，绝大多数情况下是无偿的。即使是地处偏远且如此狭小的公共建筑，也不可能以任何其他方法建造起来，这强化了权力运行的象征性质，并将这个小山冈转化成权力运行的舞台。

要到1980年代后期甚至更晚，这座山冈才一度失去控制周边乡村社会的权力。在当代中国历史上，这个漫长的过程某种程度上被刻意忽视了，就像历史经历了一次没有明确标志的滑坡。它留给大有的唯一印象也是象征性的。事情发生1980年代末或1990年代初。记不起是在哪个季节的某一天，国道两侧的乡村突然躁动起来，男女老少冲到公路边，将那些长满树瘤的行道树（悬铃木、槐树和枫杨）放倒、锯短，不由分说便扛回家中。虽然大有年纪尚小，也迫不及待地想要参与进去并出一份力。他们甚至连树根也没有放过：挖开树桩周围的泥土，向下掘进，斩断那些不知延伸到什么地方去了的巨大根系中最粗的几根主根，便能将锄头伸进树桩正下方，再垫上一块石头，利用杠杆原理，可以将整个树根连带泥土从土里刨出来。这些树根的形状和尺寸，可以说令大有终生难忘。

从那之后，这段国道两侧留下一个个不规则的圆坑，颇像是猜疑的表情。大有一直认为，这些行道树长期遭受虫害而不得不更新，道班没有兴趣也没有足够的人手处理此事，因此乐得让周围的村民自行其是。但如果他是自东向西路过此地的时间旅人，有一件事是无法解释的：砍伐瓜分行道树的事情只发生在国道东侧的上坡路段，稍远处的平路和一岭之隔的西侧下坡路段气氛均平静如常，没有人刀斧相加，同样长满树瘤的行道树依然歪歪扭扭地把它们的树枝伸向天空。那是大有少年时代的一桩谜案，遗留在他心里的气氛无异于一场暴动。一场沉默的暴动，现场弥漫着心照不宣的欢乐，不仅因为占了些许便宜，也是因为这是占国家的便宜，而且是公开的。如今想起来，有那么一瞬间，寻常农具突然变成了武器，至少当它们砍向一些极为普通却不可动摇的树干时，事情就是如此。

大有可能有些后知后觉，同时过度着迷于这种象征性的袭击。这和大有后来思考的问题有关。在冲突的结构性成因和社会后果之间，横亘着一片广阔而无声无息的随机性领域，鲜少看到有像样的学者在其中跋涉。暴力的随机性释放是维克多·特纳这样的人类学家、埃马纽埃尔·勒华拉杜里这样的历史学家都意识到却没有真正涉足的地方，并且在很大程度上被克利福德·吉尔兹庸俗化，成了一堆缺乏所指的空洞的能指集合。直到詹姆斯·C.斯科特出版了他关于东南亚农民的经典研究著作之后，随机性暴力作为社会事实和社会过程，才得到相对恰当的描述。

在国家权力含含糊糊地退出乡村的过程中，最早走下那座舞台的是供销社，后来学校改建，村委会搬去其他地方，只留下几间空房和门前一块空地。紧接着，茂密的人工杉树林被清除一空，山冈南侧竖起一根巨大的烟囱，北侧——也就是大有家这边，搭建起了简易厂房。那是1990年代初的事情。大有从没见过的大型推土机搭载在平板拖车上，被运送到冈顶，没过多久就推平了一大片区域。这种机器的工作效率和发动机极其喧闹的噪音吸引很多人专程前来围观。乡政府在新推平的土地上投资建造了砖窑厂，启动资金毫无疑问是来自信用合作社的贷款。由于占用了山冈南北两侧的耕地，砖窑厂必须优先从山冈两侧村庄招工。很多人（如果他们没有兼做木匠、砖匠、篾匠、裁缝和理发师，也不是赤脚医生或民办教师的话），特别是女性，平生第一次持续获得了现金收入。

　　长远看这自然不是特别惊人的事情，但在当时带来的震动，却是今天人们无法理解的。到 2020 年，中国的城市化率在主要工业化国家中仍然相当靠后，但即便如此，也达到 60% 以上。当一个国家绝大多数人都生活在城市，习惯现金收入和现金支出，很容易以为一切从来如此。实际并不是这样。三十年前，乡村生活的主要特征就是现金绝对匮乏。一个完全务农的家庭，现金收入的来源屈指可数，他们能够拿到市场上销售的东西不外乎四种：稻谷、猪肉、鸡蛋和他们自己的劳动力。问题是市场匮乏。稻谷收购由国家垄断，并且要在完成国家地租（也就是交公粮）之后，才能以规定价格卖给国有粮站。有一段时间，猪肉的收购渠道和价格也是被垄断的。就这样，每个农户每年需要缴纳的各种税费提留中，有一小笔钱实际上是政府向他们收取的养猪执照费——当然不会真的有执照，而且就算不养猪的农户也必须缴纳这笔费用。类似名目和实际都很荒唐的收费项目曾经多如牛毛，这些钱实际上是用来维系乡村政权日常运行的，因为地方政府已经无力提供这种支持。

　　每到过年，特别是大年三十中午，大有家堆满村人送来的红纸，大有父亲就会从柜子里拿出一本陈旧且卷角的对联选集，为他们挑选一些比较通俗吉祥的句子，写成春联。这个对联选本的作者搜罗了历代许多联句，有一些明显不适合张贴，比如大有印象最深刻的两句：

自古未闻屎有税
而今只剩屁无捐

这联句粗俗刺目，但有一种真正辛辣的讽刺意味和生命力，即使是孩子也会忍不住笑起来，因此才能流传下去。身体，或者说活着本身，就构成国家征税的理由。但为征税设立的人力和行政网络本身需要资源维系。有时候，征税行为在经济上变得不可持续，因为征收到手的税费尚不足以维系征税网络的运转。这就是 2000 年左右中国政府在农村地区面临的"税收陷阱"，也是很多有关人士希望放弃征收农业税的理论基础。然而，谁都知道，征税并不是征税网络存在的全部理由或者说唯一目标。即使在完成工业化之后，农业税源枯竭甚至反而需要补贴，国家权力也不能从乡村退出。权力必须在场，哪怕代价大些——在某些时代、某些地方，对某些人来说，这种代价可能会大到无法承受。

在来自制造业、商业和各种财产税的税源能够支持国家有效治理乡村之前，那个缓慢的、历史性的滑坡必然导致各种各样的乱象。大有和妹妹是在这个混乱的滑坡时期长大成人的。有趣的是，他们对这段时间的身体感受很不相同。大有母亲说，大有比较挑食。这似乎难以想象，但事实的确如此。而妹妹不爱吃肉。这更难想象，不过也是事实。

和现金收入绝对匮乏相似，吃肉的机会也很少，因为农户养猪的能力有限。猪和人一样，吃的东西都来自土地，就算猪不吃主粮，在土地有限的情况下，大多数家庭一年只能养两头猪，一头留到过年时宰杀，另一头在 8 月底卖掉给孩子缴学费。有些年份过年时无猪可杀，有些年头孩子缴不上学费，原因都很简单。人有旦夕祸福，钱和需要用钱的场合，哪一个先到，是无法预测的。私人之间赊欠和借钱都很寻常，但也有些钱不能赊欠，重病住院就是如此，因为医院是公立机构，不接受欠账。在 2005 年建立"新农合"（农村合作医疗保险）之前，医院通常只在确保病人家属有意愿且有能力支付费用时，才提供包括急救在内的医疗服务。

　　乡村地区的交通状况一直到 2008 年才发生根本改观。那时候大有已是经验丰富的记者，一年中有很多时间在中国各地出差，目睹全球金融危机之后中国政府推行的经济刺激计划如何改变乡村交通网络。过剩的基础设施建造能力涌向两千年来从来没有硬化道路的乡村地区，在很短时间里就构造了一张 1∶500000 比例的地图上都显示不出来的道路网络。大多数道路需要重整路基，然后铺设单车道的钢筋混凝土路面。这个道路网络的质量如何还有待时间检验，但毫无疑问刺激了随后几年乡村地区的汽车消费。

　　毛细血管般的乡村水泥路面不断汇入新国道，使拓宽后者成为一种必然。拓宽之后的国道不再顾全地势，直接将山冈推开一个 15 米宽的缺口，露出两侧山坡上鲜红的土壤。这种土壤富含氧化铁和氧化铝，酸性强，渗水性差，贫瘠，不适合种植水稻，倒是适合竹子和茶树生长。大有还记得父亲为了改善那些灌溉不方便的山坡梯田的土质，将石灰运到田里，然后把石灰和红土细心拌匀。在很大程度上，大有父亲是新式农民，相信农业方面的新知识远甚于相信经验，就像他相信副业和现金收入远甚于相信种稻的收入。然而，在大有父亲一生中，运气可能一次也没有站在他这一边：不幸从他出生那年就已降临。大有父亲生于 1957 年。如果不是有一个极度溺爱他的母亲，他根本不可能存活下来。大有父亲身边很少有同龄人，甚至连这片红色土地也不是他的家乡，因为他是一个移民。

二

　　大有父亲出生在山里。"山里"是一个词，和"畈上"相对，依照类似构词法构成的语词还有"冈上""河边""路下"等。赤土方言在发出这些语词读音时，重音总是落在表示地形地貌的第一个字上，将表示方位的第二个字轻读，同时将"山""畈""冈""河""路"的发音拉长，导致方位名词的发音有时候短促到听不见。尽管如此，这个听不见的方位名词在口语中的时值仍然存在，特别是当这个词落在句末的时候，不会有人贸然打断或抢走"里""上""边""下"在空气中传播所需要的时间，不管这段时间多么短，或即便没人能听见发音。

　　山里意味着山的深处、内部，通常不涉及海拔，而只是指出相对于山外，两者遥远难及。在大有渐渐成年的那些年里，进山仍然不是容易的事情，沿盘山公路徒步，或沿着谷底的河流逐渐向山上攀登，总是能够深刻感受到山带给视野的限制。走在盘山公路上，一侧视角完全被山本身遮挡，另一侧大多数时候是生长着次生林、灌木和藤蔓的陡峭斜坡，逐渐下降至谷底。行人目光所及，只能看到落叶松属和栎属树木之间的色块，夏天暗绿，冬天深棕色。掉落的松针、树叶和球果沐浴在白色阳光下，似乎有看不见的火头在底下什么地方燃烧，树顶上飘着若隐若现的白烟，空气中能闻到一丝焦糊，以及某种文学性的紧张。不管是在什么季节，山里人总是少，村子挤在山凹小面积平地或半山坡上，低矮，光照不足。甫抬头看，对面必定是另一座山同样陡峭的斜坡。偶尔展开一块不大的山间盆谷，有精心耕种的田畴，几乎毫无例外种着水稻，或留着大约10厘米高干枯的稻茬。

　　能够得到灌溉的水田和无法灌溉的旱地有着严格区分，在进入 21 世纪之前，这种区分在赤土甚至还像宗教一样，有不能为人理解的超越性。山里也不例外。旱地除了做菜园，大抵种着马铃薯 / 洋芋、红薯 / 红芋，以及少量玉米 / 苞榴和为数更少的高粱 / 榴稷。芋，是块茎或块根的统称，榴形容果实小而丛集（形如石榴），稷的原意可能是高粱。这些特指某种作物或泛指某种特性的名词显然可以任意组合，形成更加复杂和精确的表达，直到它们变成专有名词而失去大部分所指。榴稷有两个常见种，两种种子在未成熟前都呈绿色，随时间渐渐转红，一种成熟时作红黑色，另一种呈纯黑色。后者茎干汁水丰富，甜度高，被当作甘蔗种植，也像甘蔗一样食用，是一种夏天的零食。大有和朋友们走在这样的山间，有时候会趁着无人的时候掰一根甜榴稷，扯掉穗和叶子，撕开绿皮，一节一节地咬着咀嚼，咽下甜汁，吐出残渣。那总是假期的时候，天气炎热，太阳只能照着山的一面，受光面的积温能让沥青融化，塑料凉鞋或拖鞋的鞋底发烫，而道路一旦转向山的阴面，便能感到阵阵凉意。

山的凉意是大规模的，有时候凉得过分。大有来自"畈上"，对"山里"总是有些浪漫的想象，同时又带着一丝敬畏，夏季的凉意与一整个冬天不化的积雪就是明证。同时，大有也敏感地捕捉到双方之间微妙的敌意。"山里"意味着主粮不足，不通信息，缺少灵活性且固执己见。陡峭地形塑造的肌肉记忆控制着山里人，让他们在平地行走时身体过度前倾，迈步时用力过猛，然后如梦方醒，导致身体动作有着强烈的顿挫，让"畈上"人不由失笑。畈，也即面积较大的山间盆谷，高度依赖那些从山间流出的河流灌溉。1949 年之后，沿着这些河流，修建了大量水库。小型水库通常位于河水将要出山的盆谷边缘，灌溉面积有限，主要限于河流原先流经的较小地域，而大型水库配合骨干渠道，能够灌溉一县甚至数县之地。工程需要在两座高山之间拦截大河，建设高坝蓄水。1958 年（大有父亲出生后一年）"大跃进"期间，有许多这类大型水利工程动工。根据这一年的相关统计，山里人口不密，淹没成本也低，大有父亲出生的地方因此就沉入水下。这种畈上受益而山里蒙受损失的事情，也证明山里人一贯的看法："畈上"意味着一种带有油滑色彩和道德贬抑状态的幸运。

　　计划中的水库规模有多大，其实主事之人也缺少全盘了解。和 1958 年发生的很多事情一样，大坝建造过程仓促、草率，收益被夸大，而代价沉重，极少被人提及。随着饥荒接踵而来，工程进行四年后中止。1969 年该县发生大洪水，未完成的水库大坝几乎溃坝，于是次年又重新开工建设。规划模糊却不可逆的巨型工程带来大量衍生工程和维护风险，甚至到半个世纪后还没有完全消除。2003年的一份报告指出，水库心墙（大坝核心）施工质量极差，泄洪闸门无法正常启闭，需要按照病险水库进行改造。改造方案的主体是在原大坝另造一座混凝土挡水墙，泄洪闸门与泄洪口河道全部重新施工。全部工程到2009年才完成。由于县城位于水库正下方，泄洪道以下河道绕城东流过，凡春夏有大汛，县城必一夕数惊。最后县政府连带医院、学校等公共机构，不得不放弃原址（公元454年以来一直是县治所在），迁往河对岸地势较高的山坡重建。

迁建从1970年代末开始，持续到1990年代末。大有是最后一批在县中老校区上学的学生。高中二年级暑假前，学生扛着自己的课桌椅，徒步走向新校区。天气闷热，一大群营养不良的年轻人，穿着两褶西裤或黄色军便裤，过于宽大的白色或灰白色长袖衬衫，下摆不掖进裤子，穿着球鞋、凉鞋或拖鞋，拖拖拉拉地走成一条差不多延续半公里长的队伍。出了学校，这支稚气未脱的队伍向东穿过东门大桥，朝北爬上一段短坡，无须到坡顶，便又转向东，下一长坡，再上一长坡。新校区教学楼位于坡顶，而操场、食堂和宿舍坐落在两坡之间的洼地里，一下雨就积水严重。

这段经历只是一座水库数不尽的未尽事宜中微不足道的一个瞬间。但它是一个缩影。1958 年以来，围绕这座水库，数不清的人和他们的生活都发生了大大小小变化，它也给大有的人生留下一个烙印，并提醒他，当父亲比自己小得多的时候，也曾在某个迁徙的队伍之中。

移民并不是短暂的迁移本身，而是漫长得多的丧失和重建过程。水库建设周期拖延越久，这个过程就越长。大有父亲甚至是在这个过程中长大的。他的童年时代因此充满饥饿、恐惧和离散的记忆。甚至在他成年后，有些冬天还需要作为民工到其他乡镇出工，继续修缮水库灌区的干渠和支渠。那时候大有父亲已经离开出生地足够久，久到没人知道他是个水库移民。

移民造成的特殊困境中，最明显的是移民们的生活失去了宗族支持。大有父亲从"山里"移民到"畈上"，周围几乎都是合族而居的同村庄，唯独移民们组成杂姓村。所有土地——宅基地、水田、旱地、菜园和薪林，都是这些同姓村在行政命令下让出来的。直到半个世纪之后，周边村庄仍然沿用历史上的名词来称呼这些地方，根本不理会移民们为他们拥有的土地带来了新的命名。在极小的村庄范围内，大有祖父和父亲已经更换三次住址，住得最久的宅基至今被周边村庄顽强地称为"祠堂"——那里的确有过一座方姓祠堂，曾是以宗族为单位的同姓村庄的根本所在。讽刺的是，在大有祖父和父亲被水库淹没的老家，也有一座祠堂，移民之前，大有祖父这一支族人一直以耕种附属于祠堂的共有土地为生。这些土地及其产出相当于宗族的慈善基金。

移民到来导致祠堂移位，如果不是国家强有力地干预，原居民在情感上和利益上都无法接受这种迁移，以及由此带来的土地和文化空间再分配。半个世纪之后，原来的地名已经失去了法律和行政意义上的所指，但周边村庄恪守着这些地名，相当于反复申述一段"被剥夺"的历史。他们的固执里带有对外来者无声的抗距。在如此敌视的阴影中，移民身份在需要消除村庄内部分歧和争取共同利益时，往往会发挥不可替代的功能。危机感一天不消除，移民这个事实总是会转变成强固的心理偏向，那是弱者在感知环境时特有的警觉，也是人们在需要做出牺牲时进行自我说服的主要理由。有太多次，在光线昏暗的议事会议上，大有看到人们以愤然的口吻说出"移民"这个词。无论是修一条通往国道的小路，还是清理山塘的淤泥，或者在干旱的年份与位于灌溉渠上游和下游的村庄分水：凡是需要与邻村协调、争吵甚至打斗的公共事务，都会唤起人们身为移民的生存意识。他们不无悲哀地意识到，在需要原始暴力的场合，作为一个被宗族村庄包围着的杂姓移民村，自己处在何等弱势的地位。也是在这样的时刻，移民被转化成与生俱来的耻辱，人们的责任是记住并强化这种耻辱，而不是淡化甚至消除它。

动员或总结的时刻总是在夜晚，劣质香烟和自制叶子烟充满臭味的烟雾充斥着议事空间——很多年里也就是大有家的堂屋。男人坐在内圈，被他们的妻子松散地包围着，分享彼此的不幸，以及挑战这种不幸的决心。女性之所以出现在这个场合，不是因为别的，只是因为她们嫁给了移民。由于缺乏发展宗族支持网络的可能性，婚姻在移民的本地化和其他方面发挥了更加重要的作用。移民时间越长，婚姻网络越本地化，姻亲和妻族在很大程度上就代替了宗族的社会功能。在情感和社会经济方面，这个村庄因此比周围村庄更依赖嫁入村子的当地女性。

几乎要到繁衍三代人之后，移民的紧张感才基本松弛下来。但要讲清移民经历对大有父亲意味着什么是不可能的。特别是当父亲开始回忆的时候，大有兄妹已渐渐大了，不幸有时会被微妙地转换成某种道德训诫，以树立或巩固父亲的权威。在父亲的回忆中，生理和精神上的痛苦并不是生活中的例外或随机状态，而是命中注定之物，无法逃避，也不能解决，只有忍耐一途。他的讲述策略围绕着痛苦本身进行，所有痛馁的细节一再重复，很难说里面没有潜在的恐吓和情感讹诈，但主要目标仍是论述大有和妹妹正在和将要经历的困难相比之下其实不值一提。事实也的确如此。在1990年代，大有和妹妹几乎做好了忍耐不幸的心理准备，后来发现事情逐渐往好的方向发展，不由得长舒了一口气。

回头想想，父亲对往事的回忆明显出自幸存者视角。这些记忆虽然痛苦，但痛苦一旦变成常态，其成因和过程之中的各种变量也就不值一提。换句话说，痛苦就这样变成了命运。除了被动无为，幸存没有什么诀窍可言。这种视角自然也带来一些主张，比如最坏的时期虽然可能会过去，但前提是要活下去，才有可能看到形势转好的那一天。

又比如，凡事先考虑最坏的情况，在确保幸存的情况下才能寻求收益增长。以及，超额收益是冒险的产物，成功纯属侥幸，而失败在情理之中。如此等等。

由大有来总结父亲的人生并不公平，因为大有已经习惯陈述，而父亲的回忆中尽是细节。在叙事学中，陈述往往包含有目标和有策略的解释，而对细节的玩味虽然也是基于选择性记忆，但归根结底是不自觉的。陈述是自觉而为的技巧，需要高度概括，通常会将历时性的经验压缩，再展开成结构性表达。陈述让陈述者获得一种心理优势，来平衡他们为迎接可能到来的暴击而提前积蓄精神能量的过程中遭受的心理创伤。但大有这代人的心理创伤毕竟不能跟父亲经历的一切相比。就这样，不幸的时间差，成了两代人和解的前提。

大有父亲的不幸，确有一部分是移民造成的，但大多数恐怕和移民无关，而是更为普遍的境遇，不因他在"山里"还是"畈上"而例外。移民经历只是加剧了这种不幸。父亲的回忆中有两个小故事，因为重复太多，在大有记忆中尤其深刻。两个故事都与吃有关——这一点都不稀奇，吃实在是大有父亲一切回忆中最突出的主题。

故事一发生在大有父亲幼年时期，据说父亲和祖母、姑妈一起吃饭时，饭桌上只有一道炒苋菜。祖母本着对她小儿子一贯的溺爱，让大有父亲先夹菜，但他因为极不喜爱苋菜，便跟祖母赌气说"我不吃"，不料姑妈听见这话，便一次性将所有苋菜搛走了（这倒和大有心目中姑母的形象一致：她有种粗鲁残忍的幽默感）。像所有寓言的情节一样，父亲见状放声大哭，但祖母坚持这个结果是不可改变的。故事的要点有好几个，在不同场景下讲起来，侧重都不相同，比如：

1）炒过的苋菜茎叶纠缠成一团，即使是孩子，也可以轻易夹起整盘苋菜。

2）有些地方无人问津的事物，换个地方人们就趋之若鹜（一句与此关联的赤土俗语："上街不要，下街一抢。""上"和"下"在此均为方位名词）。

3）意气之争往往没有收益，却会导致实际的损失。

4）父母对子女的溺爱必须以不妨碍更重要的道德戒律为前提。

这种家庭生活中的小喜剧带有温暖和亲昵的色彩，有时大有怀疑是不是每个人家都有类似的故事，不然那些人家的孩子如何了解主题2）和主题3）这样显然重要但又很抽象的观念呢？大有上中学之前，乡村地方的道德气氛几乎都是被这类小故事塑造、维系并传递下去的。它们反映了一种变动较少的村居生活中，传统价值观念与时代因素之间的调和，但后者很少能够真正撼动前者的根基。

故事二据说发生在夏天傍晚，因为大有祖母已经做好晚饭。大有父亲放牛回来，十分饿，很想能吃点"抵肚子"的东西。大有猜想父亲当时一定是怀着某种不太明确的期望掀开锅盖，结果发现期望完全不切实际。锅里一如既往，只有浅浅一锅非常稀的稀饭。在失望和愤怒中，大有父亲将放在锅盖上的大铁铲砸进锅里，无意间打破了锅底。虽然他还小，也知道打破锅底不仅意味着财产损毁，还是乡村中最恶毒的诅咒（相当于骂人绝户——大有父亲自然不能理解其中的自我指涉），于是在惊恐中逃出家门。他将藏匿在哪里？南方乡村的夏天，实在有太多地方可供一个孩子容身而不被人发现。但大有第一次听到这个故事，立刻知道父亲躲在离家不远的地方，因为接下来他将讲到，祖母迈着小脚，在茫茫暮色中疲倦哀伤地喊着小儿子的名字。父亲内心纠结，不知道要不要应声回答。

大多数情况下，苋菜的故事主题仅与偏好有关，而稀饭的故事主题则不光是饥饿与贫穷。在故事结尾处，祖母将父亲带回家，像往常那样为他准备好洗澡水，然后趁着父亲脱光衣服，反手闩上房门，痛打了他一顿。痛苦终生难忘，不仅因为其中有慈母的欺骗，也因为暴力的正当性来自道德教条，即使是故事指向真正的绝望时，也是如此。在大有父亲的回忆中，大有祖父似乎全然缺席，而祖母是个郁郁寡欢的女人。但这个在照片上也愁眉不展的女人，在伴随迁徙而来的动荡与饥饿中，养活了自己出生于1957年的儿子。如果不是极度忍耐，并且紧紧抓住某些古老的教条，大有不知道她怎样才能挨过漫长不幸的时光。那些不幸从肉体触达灵魂深处，按照今天的标准，甚至超出了人所能承受的极限。

大有祖母有两段婚姻，四个子女，大有的伯父们和姑母的生活都十分坎坷，大有父亲是她最后一个孩子。1976年祖母去世时，大有父亲刚刚成年，而祖父活到96岁高龄，去世前一直与大有父亲住在一起。祖父死后，大有兄妹和妹夫从外地赶回赤土。处理后事的那些天里，有时候他们会在家附近的山塘边走一走。山塘像水库一样，建在两座山坡之间，靠近坡顶，但山上没有河流，也没有水渠，只能承接雨水，所以那些年几乎在以肉眼可见的速度发生淤积。大有家的房子建在山塘下方，距离塘坝太近，一度成了大有兄妹的心病。祖父去世那一年，塘底淤泥已经清理过，堤坝显然经过修缮和美化，路边竖着一块小小的水泥碑，刻着"水库移民后期扶持基金项目"的字样。这块水泥碑提醒大有兄妹，历史并没有过去，而是像一块慢慢增生的伤疤，嵌在现在与未来之间。

三

　　大有觉得祖父一生像一部电影，不应该轻易写成文字。但应做而未做之事实在太多。一开始，大有将故事的线索深藏在心里，就像孩子把心爱的东西藏在房子角落、藏在草丛深处甚至是一棵树最高的树枝上，决心在未来某个时刻回来赋予它合适的形式。大有极少与人分享祖父的故事，唯恐它们过于随便地进入符号和再现的世界，会让他失去返回过去重新审视它们的动力。后来大有用《卧虎藏龙》里俞秀莲对李慕白说话的口吻对我说，守住这口气！我们应该守住故事，不要随便说出来，直到想清楚要怎么处理它。可惜未来无穷尽。终于有一天，大有知道，"合适的形式"不会出现了，故事藏身的地方物是人非，情节渐渐消失在时间里。大有没有说出那些故事，但也没有守住那口气。他失去了它们，再也找不回来，留下似曾相识和若有所失两种感觉。每一种感觉，都不是非常真切。祖父的死也是如此。

祖父垂危之际，大有伯伯、大有和哥哥先到家，不久后妹妹和妹夫赶到，祖父已经落气了。在祖父生前，赤土已经取消土葬，他几十年前为自己置下的棺木，被移风易俗的政府工作人员和村干部拉走后劈成碎片，大殓之类流程也就无从谈起。大有对那具棺木印象很深，仿佛在一切都是临时搭建和拼凑的世界里，突然看到一件古风犹存的东西，首先被它的形制吸引。棺木是一个三面隆起的木头盒子，棺盖模仿房屋的人字形坡顶，通体由圆滑的弧线和直线构成，从头至尾逐渐收窄，厚实，没有苟且的痕迹，一层层漆得黑黝黝的。两头挡板上，细看可见棕红色寿字纹——这个细节不是特别确定，因为大有小时候很少敢长时间盯着看这些细节。棺木放在粮仓顶上，先是一具，后来变成三具。大有父亲和母亲为自己置下的棺木，从用料到做工，都明显要比祖父的棺木粗糙很多。倒不是钱的问题，而是木工的手艺和心态，都不同于往日。在赤土，棺木基本上是一种闲置家具，只是对孩子来说，稍微有些瘆人。

但可怕的东西太多了，午后仓房深处那种阴冷，那种无人的安静，粮食陈化后特有的气息（暖烘烘淡淡的霉味），就算加上三具棺材，也还排不上号。

对有些老人来说，不能土葬就是很可怕的事。留给他们的时间不多。革故鼎新的政策出台于2010年代的某个愚人节，正式实施的时间是当年儿童节（就像个黑色笑话），于是有些人选择在两个月的时间窗口里穿戴整齐（或不整齐）地一死了之。这种有传染性的集体自杀从来没有被认真对待过，因为对死者和他们的后人来说，抗拒一项令人恐惧的指令是不可能的。不能说早死晚死没有区别。为了能土葬去自杀，也算一种选择——人一生当中，真正能自己选择的事情，又有多少呢？这些人选择了自己的归宿，可能出于恐惧，也可能出于愤怒，多数情况下应该二者都有。但大有祖父对此无动于衷。这种外物不萦于怀的态度，应该是他能长寿的原因之一。祖父当然不是气量宽宏的人，只是很少执着于自己无法左右的得失。在他漫长的一生中，这个性格特征非常突出。以至于处理祖父的后事时，大有也不禁抱着无可无不可的态度。

一个哪怕是毫无自觉的经验论者，甚至不算彻底的实用主义者，像大有祖父，对幽冥鬼神、因果报应，大抵是持不置可否的态度。这和大有父亲那种注重仪式、注重过程有时候胜过注重实际的人生态度，对比鲜明，非常引人注意。祖父也有些毫不苟且的地方。虽然缺少必要的健康知识，并且是间接死于抽烟引发的慢性呼吸阻塞，祖父的生活方式比大有的多数熟人更合理，个人卫生无可挑剔，住处很整洁——考虑到大有祖母去世时，祖父还不到 60 岁，接下来他作为鳏夫生活将近 40 年，这件事让大有印象深刻也就不足为奇。主要得益于生活习惯，当然也得益于大有父母照顾，到 90 岁之后，祖父的牙齿仍然坚固，胃口很好，有时候不吃晚饭，只是防止肠胃消化负担过重。他如此善于自我克制，因此对大有父亲无视健康的行为模式非常不以为然。但除此之外，大有便觉得祖父可取之处甚少。祖父脾气暴躁——尽管不见得比其他男人更暴躁，他和大有同样脾气暴躁的父亲，关系一直是紧张的。然而他们依然生活在一起，从没有分开过。和小儿子生活在一起，可能是祖父的理性选择，毕竟生活起居有人照料。但大有隐隐觉得，祖父也可能会将此视作让步甚至牺牲。乍听这颇难理喻，但祖父有自己的处世方式，用大有父亲的话说，非常自私自利，其实祖父只是相信自己，尽可能（或不免过分）讲究实际。

　　大有从小注意到，祖父拧毛巾时左手在前，右手在后，这暗示他其实是个左撇子。在一个完全不接受"左手上前"的社会，祖父被迫学习用右手拿筷子、握笔、操作工具，因此双手协调有力。他做过各种职业，包括油坊工人、药店伙计、食堂厨师，很明显不安于种田。祖父还去过不少地方，年轻时跟着亲戚，以接种牛痘兼卖跌打损伤膏药为生。换言之，大有祖父是江湖郎中的助手。甚至以居无定所的边缘人特有的方式，经历过两次战争。大有小时候听祖父"翻经"——这个词很形象，但已经脱离了翻动经书在内文中寻找佐证的书面含义，而是指（以夸张的方式）回忆往事——不免半信半疑，因为听起来像吹牛大王历险记，与教科书和《烈火金钢》之类样板民间艺术中的底层民众形象完全不符。现在大有快要活到祖父一半的岁数，见识日深，才确信祖父说过的细节只能是亲身经历，绝不可能凭空编造出来。

　　接种牛痘是一种周而复始的长途旅行。每年春季从老家出发，沿着古老的驿道向东、向北走，沿途接种，但并不取酬。夏天将结束时，旅人们已经抵达大别山东麓的江淮平原，便不再继续深入，而是调转头，沿着来时的路，往西、往南走。沿途陆续秋收，他们一路拜访春夏经过的村庄，向种过牛痘的家庭收取秋粮作为报酬。关于去过的地方，祖父向来说不出所以然，偶然有些微末的细节，像路标一样标示出记忆世界的方位——那真是个空空荡荡乏味的世界。夏天晚饭时，祖父夹起一块咸鸭蛋（大有母亲习惯把煮熟的咸蛋纵向切成四块），说起他年轻时在路上风餐露宿的生活，每顿饭用半只咸蛋佐餐。咸蛋易携带，不会变质，的确是不错的旅行食品。除此之外，关于旅行中的餐饮，他说不出其他东西来。每逢这时候，大有就微微感到失望。

随着祖父越来越老，谈论往事的兴致倒是比以前更高，但那个记忆世界并没有因为他更多光顾就清晰起来。那里一切仍是零碎的，浮光掠影，模模糊糊，活像一个整天张大嘴巴看稀奇的蠢笨年轻人，当你问他看到些什么，他回复给你的，就是许多连不成篇的细节。他们又一次谈起战争。祖父对大有说，年轻时曾和同伴经过一处山中市镇，虽然不是年节日，当地人却忙着杀猪宰羊，肉价低得让人不敢相信。两人兴冲冲买了一大块肉，准备找地方做饭，却发现镇上空荡荡的，地方住户不知所之，走得急的人家，连门都没锁。他们带着几分好奇、几分惶恐和几分占便宜的心情，随便走进一户人家，生火做饭，饱餐了一顿，饭后心满意足地继续赶路。他们在晚饭前，抵达下一座市镇，发现和上午一样，人们也在忙着杀猪宰羊，肉价同样低得让人不敢相信。迟钝如祖父和他的同伴，此时也意识到有不寻常的事情发生。有人告诉他们，日本人正沿着他们来的那条路行军，很快要抵达这里，处置完无法带走的牲畜，镇上所有人都要逃难上山。虽然不禁害怕，但夜晚已经到来，祖父和他心存侥幸的同伴没有选择逃走，而是找到镇上一户人家（又是没有上锁的）厨房里睡了一觉。第二天天亮前，听见枪声渐近，他们翻身便走。镇外有条河，祖父跳下河滩，蹚着水过了河，随后没入田野，枪声在他身后纷纷响起。祖父不敢回头。他跑了很久，停下来之前就知道失去了同伴，也是他的一位姑父。

即便如此，祖父回忆往事的态度很超然，有时候甚至不无滑稽，似乎战争与他完全无关。他俨然是个看客。因为年轻、胃口好、跑得快，对什么都兴致勃勃。死亡不止一次与他擦肩而过，也改变不了这种置身事外的感觉。为了避免祖父成为炮灰，家里付出了不小的代价。解放战争期间，为了躲避兵役，祖父投奔亲戚，在地方法院当了一段时间法警（当法警可以免费看戏，是祖父唯一记得的事）。家里请人顶替他去当兵，结果失去了耕种的土地。顺便说一句，后一种情况当时很常见，以致有人专门做这种冒险差事：替人当兵，然后开小差回家，如此周而复始。说起来也是大有祖父的一个远房亲戚，几次下来，竟然挣下一份家业（按时间推算，这已经是1940年代后期，这份家业固然不久就保不住，这段好兵帅克式的冒险，很可能会让这个胆大包天的家伙在1950年代初的土改中处境不利）。

至于大有祖父，天翻地覆与他无关。他始终是个精神上的流浪汉。大有相信，这是父亲和祖父关系紧张的原因之一。

祖父火化后，火葬场工人交给大有一个骨灰盒。打开盒子，是一堆碎骨头，经过火的净化，每一片都很干净，洁白无瑕，两头断口尖锐。大有本打算利用空闲时间，把这些骨头敲敲碎，甚至磨成粉——这很符合祖父自己的作风，反正他的一生中，常有这类出人意表的举动，但无论如何，他不可能亲自做这件事，于大有而言，这件事又不算特别急迫。根据风水先生的意见，祖父一时不能落葬，葬礼拖延了很长时间。要把祖父的骨头磨成粉，时间是充足的，但这些时间后来都花在打牌或打麻将上了。哥哥、妹妹、妹夫和大有平时很少见面，这时候无所事事，只好打牌消磨时间。牌桌就在祖父灵前，供有灵位的长案装了落地帷幔，案上立有各种牌位，安了香炉祭品。那一盒碎骨头，就藏在牌位背后，象征性地占据着本来应该安放棺木的大片空间。这个失去焦点的空间干净、空虚，毫无死亡气息。他们不擅打牌，也很少说话，每一手牌和下一手牌之间，时间总是会被切出一段沉默的空白。慢慢地，这些空白的时间碎片拼成一幅画，占据了大有全部记忆，似乎除了死者和牌桌上的游戏，那几天里再没有发生过别的事。

死亡正失去最后的意义。大有一边琢磨要不要吃妹妹打出的那张牌，一边搜寻自己的记忆。甚至是在不久之前，死亡还是重要的。与死亡的重要性相衬的是仪式隆重和繁琐程度，以及村子里随处可见的紧张气氛。死亡为村子里积累多年的心理压力提供了释放出口。充满兄弟相争、父子不和、婆媳冲突的日常生活中，矛盾大多数时候被压抑在人伦的框架内，葬礼起码提供了公开释放的机会。哭是难免的，有一些发自内心，有一些属于仪式的组成部分，多数情况下，也是兼而有之。在女性中，哭有时候会演变成轻度疯狂。外嫁的女儿回到娘家吊唁父母，哀哭生命中一段重要关系永远成为过去。她们出生和成长的空间，早已经不再属于她们（大多数是变成了年幼的兄弟成年后的住所），随着父母过世，原生家庭纽带中最紧密的那部分已然失去，很难有人理解这种丧失感彻底的程度。大多数父母都对外嫁的女儿心怀歉疚，自知亏待她们甚多。她们出嫁之后，得以跳出原生家庭的利益纠葛，能以相对超脱的立场，尽力弥合父母与兄弟或兄弟之间的嫌隙，因此得到比原来更多信赖。这就是乡人普遍畏惧姑母的原因（但出嫁女儿的痛苦中包含有道德批判的锋芒，有时候会灼伤她们的兄弟，尤其是兄弟的配偶）。死亡导致的冲突很常见，当然主要发生在成年男性继承人或舅甥之间。冲突是阴暗的，但也可以看成净化仪式的一部分。死亡带走了冲突焦点，带走了关于人性偏私的种种抱怨，带走了善意但无聊的干涉，带走了自以为是的尖刻评论，也带走了两代人之间一些真正残酷的心态和行为模式，以及一直弥漫在村庄里的全部窃窃私语。总之那是个解脱的时刻：死亡终结了活着的痛苦，也解除了那些除了死亡无法解除的义务，同时缓和了村子里的道德危机。

久病床前无孝子，这话不是说说而已。到1990年代末，年轻男人纷纷离开村子到福建沿海打工，留下他们年幼的孩子、老病的父母和承受全部生活压力的妻子。接下来的十几年里，支撑乡村社会的经济和道德支柱吱吱嘎嘎作响，这个小小的移民社区从结构到表征都走到了解体边缘。老人们纷纷去世。如果不是死亡适时地带走了很多东西，解体也许真的会发生，而那种残酷是无法想象的。没有死亡，家庭无法再生，村庄也一样。至于再生的代价是什么，收益几何，用苏格拉底死前的话说，只有上天知道。

哥哥出牌前照例拿着牌思考很久，似乎在计算牌局，但最后总会把手上的牌打出去。当他试探（甚至是求助）的目光扫过牌桌上其他人，大有、妹妹和妹夫都

神情严肃地盯着各自面前的牌，似乎想穷尽所有可能的
组合。人死后例行的仪式象征着和解。仪式消解了死亡
的身体属性和过程属性，将其转化为夸富宴式的文化实
践。资源在仪式上流动，而流动本身构建了社会网络。葬
礼将在生活的逻辑中四分五裂的村庄重新在死亡的逻辑中
整合起来，另一方面再次确认个人在社会结构中的位置。
一个具体的人消失了，剩下他在血缘和婚姻网络中的身
份：祖父（赤土方言中称"爹"）和父亲（"大"），祖母
（"奶"）和母亲（"妈"），姑父（"姑爷"）与舅舅（"母
舅"），姑母（"姑大"）、姨妈（"姨"）和舅妈（"舅
娘"），伯伯（"伯"）与叔叔（"爷"），大妈（"嫲"）和
婶婶（"娘"），兄长（"哥"）和弟弟（"老弟"），姐姐
（"姐"）与妹妹（"妹"），表哥和表弟（"老表"），表
姐（"姐"）和表妹（"妹"），这些身份大多数是从男性
血缘中延伸出来，或以婚姻形式附属于男性血缘网络。沿
着男性血缘网络发生的整合是纵向的，主要涉及代际关系，
沿着婚姻网络进行的整合是横向的，只有在同代人中才有
意义。妯娌、姑嫂、连襟甚至干亲之类的社会关系，虽然
在实际中很重要，但在葬礼上都是边缘和次要的。更不要

说明友关系了。无法继承的角色和位置在葬礼上没有任何价值。

通过仪式进行的和解当然以情绪疏解为前提，但禁忌和恐惧此时也开始发挥作用。葬礼会将家庭生活的结构清晰地展示出来。这种结构平时被日常生活的细节覆盖，人们会利用日常伦理的弹性去对冲结构的刚性，时间一长，就意识不到刚性约束的存在。比如，赡养义务将在家庭中代代相传，而赡养者的行为模式却是习得的。有一句俗语（"屋檐下滴水，点点落地不差分"），警告中年人或年轻人要善待父母，就是着眼于赡养过程不但是对上一代的义务，也是对下一代的教育，因此赡养人对待父母的方式，关系到他们自己年老后可能得到的待遇。这种伦理假设家庭生活是在所有家庭成员甚至整个乡村社会的注视下进行的。按照这个逻辑，舆论——特别是葬礼上的舆论，就很重要，因为葬礼是进行裁决的最好时机。不但死者生前的性格和作为将受到评议，子女们对死者的态度和行为，也逃不过人们的议论。舆论的压力并不仅仅针对个体或当事人，而是施加于整个家庭之上。在社会中立足主要意味着巩固并拓展血缘网络与婚姻网络，舆论不佳，意味着两重网络的巩固和拓展都会遇到障碍。的确有些戏剧性的情节在葬礼期间发生，比如找不到足够的人手为死者抬棺，甚至是葬礼的全部过程都遭到抵制。这些都令死者的后人感到紧张甚至恐慌。

然而，在一个变动快速的时代，人们看待因果律的方式和以往已有极大不同。没有人相信真有命运的车轮在无形中转动，并根据每个人的道德表现来匹配他们应得的待遇。因果更像是在代际进行的长时段经济分配，而这种代际分配受到经济条件严酷的约束，因此首先着眼于维系主要劳动力的生存和发展，其次是人口的再生产，最后才是赡养老人。赡养是一种社会义务，但在所有社会义务中，赡养的方式是弹性最大的。归根到底，人可以选择自己死亡，也可以间接选择别人死亡的方式。在决定要不要活下去或怎么活下去的关键时刻，真正为乡村道德表面完整性提供调节机制的，不是仪式，而是疾病。

2010 年代之前，村子里几乎很少有人死于疾病本身（也就是暴病身亡），几乎所有人都死于与疾病相关的衰竭。这就是疾病作为道德调节机制运作的方式。衰竭的进程可长可短。虽然地方医生只能提供最基本的医疗服务，但也不至于对一切慢性病和常见病都束手无策，但生病的老人——很多并不真的很老，大多沉默接受这个终极的退路。

这并不是在比喻的意义上使用沉默这个词，尽管死者在政治和文化上也的确默默无闻，但在大有的印象中，当命运揭晓它平淡无奇的答案时，绝大多数人都是睁着眼或闭着眼，脸朝上，对着蚊帐顶上某个看不见的地方，长时间无声无息，仿佛陷入沉思。很少有例外。子女、亲戚、村人从里到外围成三圈，而大有父亲有仅次于医生的特权，坐在床沿。几代人由大有父亲而不是医生宣布死亡。在履行这个职责之前，需要确认死者颈部、手腕和脚踝上确实都没有脉动。接下来，大有父亲为他/她们清洗、更衣、装殓，直到埋葬，全程参与，毫无偏私和保留。这就是为什么他可以坐在死者身边，因为死亡曾经是严格意义上的公共事务。

如今，乡村里平均寿命变长了，主要是因为衰竭的速度变慢了。同样是那些乡村医生，还是他们很少更新的知识结构，他们小心翼翼地把慢性病患者的生存期延长到了以前无法梦想的长度。这里面起最关键作用的不是道德观念，而是医疗保险制度。像大有祖父那样高龄且相对健康

（没有进过医院）的死者，放在二十年前，几乎可算作祥瑞，现在已经降格到了不算很出奇的日常经验。祖父死在农历正月，算是农闲时间，很多青壮年还没有出门打工，他漫长的葬礼本应该吸引更多注意，但那时候已经有了智能手机，尽管快手和抖音还没有在乡村风行，但葬礼的娱乐价值已经大不如前。祛魅时代就这样不经意间来到祖父的村庄。葬礼在和解与整合方面能够发挥的功能所剩无几，仪式虽然不能说可有可无，但实际上已经没什么人在意了。

四

没有电话的时候，一旦有人去世，村子里就会派出信使，通知死者分散在各地的远近亲戚。信使带着特殊信物：一把夹在腋下、伞尖朝后的雨伞。他们通常在早上匆忙出发，沿途问路，难免引起猜测和问询。死亡的消息就这样被传播到周围村庄。孩子们从学校里回到村子，立刻可以感受到不同气氛。那的确是死亡的气息，抑制了日常生活的例行性质。指导葬礼仪式的和尚或道士被匆匆请到死者家里，随身带来一只纸扎的仙鹤。他们都不是真的出家人，而是通过家族或师徒传承的巫师之流，只是借用一种正统宗教的身份，同时在他们的巫术实践中包含制度化宗教的某些概念、术语、图像和仪式结构。一根极长的青竹竿接着竖起来，仙鹤被缚在竹竿顶上，随风摇摆不定。仙鹤很美。圆鼓鼓白色的身体，焦墨绘就的翅膀，有丹顶、长腿、长而尖的喙，双眼圆睁。它们是神灵世界的信使，还是死者那刚刚离开躯壳的魂魄，大有也无从得知。仪式世代相传，早已变成充塞着符号的复杂流程，但许多符号的所指已经丢失在口传的历史中。

巫师作为一项有价值的职业或者说副业，也经历了社会革命和文化革命的洗礼，能够延续下来并在1980年代之后得到复兴，完全有赖于隐藏在革命话语下人生如寄的底层信念。肉身只是灵魂寄居的场所之一，它们将经历痛苦的磨合，但最终要一分为二，各自走向自己的未来。肉身腐朽而灵魂不灭，后者将加入不断延伸的祖先谱系，以及在最好的情况下，竟然有机会获得半神半人的位格，进入佛教中的西方净土，或高升到道教信仰中神仙所居的邈远仙境（但还是兼任作为祖先对后代的家族责任。这种责任是做了神仙也不可解除的）。无论哪种极乐世界，村人都持存而不论的务实态度，他们的注意力很快就被地狱变的图像所吸引。那些图像讲述了生命在残酷的因果律支配下不断轮回的过程中，重生将以审判和清偿为前提，每个人都需要为自己一生中有意和无意的所作所为负终极责任，而惩罚的血腥程度是令人战栗的。

在灵堂四周悬挂绘有地狱变图像的挂轴，是葬礼仪式开始的标志。香案就绪，死者的姓名前冠上了"显考""显妣""伯考""叔妣"之类字样，死者的身份根据他／她在血缘网络中的位置（以及是否有直系男性后代）得到描述。各种神灵的牌位已经立好，香炉中燃起线香。据说灵魂此时存续的状态与线香燃烧后的烟雾类似，袅袅不绝但非常脆弱，需要悉心维护。一张方桌放置在香案之前，四面系着有刺绣的帷幔（谁知道这些东西如何在革命年代保存下来的），香案后方用竹片和布匹（通常是被面——以前被面是寻常之物，被套流行后，要找到被面已经颇不容易）搭建临时屏风。屏风将室内空间一分为二。屏风之前是生者的世界，屏风之后则是葬礼期间停厝死者棺木的场所。在棺木被特制的长铁钉钉死之前，屏风和后墙之间这块幽暗的地方，是一个地位未定的空间。如果没有见过这样的场景，请记得，如果绕着棺木行走（在葬礼上是很常见的仪式），往往会在不经意间透过半开的棺材看到死者的脸——不必惊惶，此时脸上盖着一张对折的黄表纸。

据说黄表纸是加了姜黄汁的竹纸，其中不乏光滑细腻的品种，和用来写字的白竹纸类似，但有些十分粗糙，甚至散发出淡淡的霉味，大有一直怀疑它们的原料用的是稻草。黄表纸裁成适当大小，用有着半圆形刃口的钢凿均匀地敲出一上一下两个半圆形印记，就是阴间流通的货币（而不是像江南地方那样夹着锡箔叠成元宝）。有长远眼光的子女会在每年中元节前后购置黄表纸送给老人，相当于为另一个世界的生活提前储蓄。这个过程可能延续数十年之久。大有祖父就储蓄了差不多两大箱黄表纸，有些裁切过了，有些没有。这是他意外长寿的后果之一。大有小时候常为祖父收藏的黄表纸敲钢印：将小木凳垫在一叠纸下方，左手执凿，右手执木槌，如果敲击力度把握不好，就会敲穿纸，在木凳上留下一道痕迹。小木凳上重重叠叠的印痕证明祖父不但此生注重实际，还会把这种人生态度带入另一个世界。至于那个世界依照何种逻辑运行，鉴于无人死而复生，实际上谁也不知道。黄表纸在葬礼上的消耗量相当可观，可能因为这个原因，有些人以为是祭奠死者的专用纸。其实黄表纸用途广泛，比如可以卷起来捻成纸媒——纸媒不是指大有日后熟悉和热爱的报纸和杂志，而是打火机和纸烟没有普及之前，吸旱烟的人保存火种的工具。

大有祖父就擅长卷制纸媒。黄表纸制作的纸媒点燃后火头很大，但只要一甩，火苗就消失了，纸媒进入不充分燃烧状态，再要用时聚拢嘴唇用力一吹，火苗就会再次升起。在赤土方言中，黄表纸因此被称作媒子纸。

和很多看似简单的事一样，卷纸媒和吹纸媒要有些技巧，掌握起来颇不容易。大有见过另一位卷纸媒和吹纸媒的高手，是为村里主持葬礼仪式的巫师，姓罗，个子不高，人很瘦，因为常熬夜，气色性情自然与日落而息的农民不大相同。除了种田，这位罗师傅做什么都很精通，决断快，人很谦和，举手投足有与身形不相匹配的稳重。大有年纪还小，不知道权威这个词形容的正是这种状态。

大多数村庄有自己的葬礼传统，世代邀请同一位巫师主持仪式，直到他将这项工作转交给儿子或徒弟。大有记事不久就知道，葬礼仪式实际上有不同的套餐可供选择，不同套餐之间的区别主要体现在时间长短上。有些葬礼可能持续一周甚至更久，最短不过一天一夜，大多数情况则介于两者之间，三天或五天。还有更加微妙的差异，比如在葬礼持续期间，每天有几场固定法事，但死者后人或亲戚朋友也可以临时下单，增加场次。最终计算费用，不但需要计算天数，也需要计算场次。巫师当然有自己的团队，通常由巫师成年的儿子和徒弟组成，邀请同行襄助也很常见。

巫师构建和维系一个彼此襄助的职业网络，原因和效果都很微妙。一来，仪式中某些部分规模较大，需要较多参与者负责乐器伴奏和唱赞，任何独立的小团队都无法单独进行；二来，仪式主要在夜间进行，如果葬礼持续时间较长，意味着参与仪式的人需要轮流休息。只要死者家庭经济上能够承受，邀请或参与同行主持的仪式，不但可以交流技术，还可以控制竞争。葬礼仪式是一种特殊的服务商品，死者家庭和村庄需要的是可预期性，价格长期稳定，所以这个行当的竞争不会是由形式创新或价格战导致的。当一位巫师老去，通常会打算将客户留给儿子，只有后者不能证明自己能力的时候，竞争才不可避免。这里面起主要作用的往往是偶然。巫师也是人，难免犯错，或者死者太多，忙不过来，又或者巫师本人和客户死在同一时间，这些都可能导致死者家庭改变传统做法，另请巫师。巫师之间彼此支持，才能最大限度地降低偶然事件对行业格局的冲击。

平常葬礼仪式不乏戏谑色彩，巫师有时公开对女人调情——这似乎是所有民间表演都必不可少的元素，哪怕是在葬礼上，也不例外。观众较多的时候，他们会把带有性暗示的句子夹杂在常规唱段里，这类句子有些是例行性的，有些属于临场发挥，不管是哪一种，都会引来现场女人们心领神会的哄笑。当然发笑的人不会是死者的近亲属，在场的男人也装作没听到，偶尔有失笑的男人会被看作缺心眼，但也不会引发任何争执。"死并非生的对立面，而是作为生的一部分永存"——村上春树小说中的一句话，用来形容葬礼中这部分内容真正合适。死不是生的对立面，大有想，而是作为生的一部分（以娱乐的方式）永存。

仪式的完整性就像巫师的敬业程度，无法从外部简单验证。最懒散和最滑稽的巫师，处理葬礼上那些关键部分时，也总是表现得毕恭毕敬，毕竟他们的职业声誉取决于此。这些环节通常是严肃乃至庄重的，特别是那些在深夜举行的沟通生死的仪式，经过一代代人的完善，有些地方堪称尽善尽美。但它们给大有最深的印象，是其中绝对的世俗精神和人本色彩，而没有宗教的超越性。仪式反复申述的是死亡面前人人平等的悲伤，但情绪是克制的，绝不任其泛滥。在某种程度上，巫师传承的人生观念是《古诗十九首》时代的遗绪，尽管他们中没人知道自己吟唱的内容、主题和情感与一千多年前一本文学作品选集之间存在普遍和深刻的相通。

如果死者是女性，在一场重头仪式上，巫师将歌唱死者人生不同阶段中的复杂感受，特别是她通过婚姻从少女变成妻子和母亲时经历的身体和心理变化。唱词尤其着重描述女性初次生育的艰难过程，按照十月怀胎的顺序，历数她们从受孕到生产的过程中感受到的疲劳、困倦、痛楚乃至羞耻，继之以一个手忙脚乱的年轻母亲在贫困中养育婴儿的种种难处和悲哀。大有至今记得少年时听到整段唱赞时内心受到的剧烈冲击：无从说起的生活细节可以魔术般地被语言和音乐转化成另一种事物，并从外部击中在场每一个人的情绪。极为细致的观察被纳入高度程式化的语言框架，依照简单但是循环不断的旋律宣之于口。唱腔照例带有淡淡的哀伤，但因为唱赞者是男性，这种哀伤就仿佛来自悼亡的丈夫、丧女的父亲或失去母亲的儿子的视角：那不是再现，而是对再现的再现。

大有请父亲回忆这些唱词。不久后，大有收到一张手写字纸的微信照片，内容如下：

正月怀胎正月正，　　犹如露水洒花心；
露水洒在花心上，　　不知孩儿假是真？
二月怀胎不多时，　　手酸脚软路难行；
眼花不见穿针线，　　放下丝鞋懒转身。
三月怀胎三月三，　　三餐茶饭吃两餐；
一日茶饭不想吃，　　只望红日落西山。
四月怀胎插田忙，　　为娘又想百般尝；
又想东园桃子吃，　　又想西园李子尝。
五月怀胎是端阳，　　栀子花开满园香；
苍香插在金炉内，　　是男是女分阴阳。
六月怀胎热炎天，　　烧茶换水懒上前；
体贴丈夫帮一把，　　懒惰丈夫站过边。
七月怀胎正立秋，　　犹如怀中抱石头；
八幅罗裙长携带，　　好似葫藤结石榴。
八月怀胎桂花黄，　　五谷上仓乱忙忙；
堂前扫地圆难转，　　平地犹如上高冈。

九月怀胎在房中，　房中梳头懒动身；
又想梳头娘家去，　又怕孩儿路边生。
十月怀胎离娘身，　为娘脚踏地狱门；
儿奔生来娘奔死，　阎王面前隔张纸。
一盆香水进房去，　一盆血水出房门；
丈夫一望心不忍，　起诉许愿叫医生。

　　这个版本中有些文字与大有记忆中的发音不同，有些词语——如父亲笔下的"苍香"——很难确定是何物，还有些整句都无法理解。或许是父亲误记，也可能他不知道发音对应的汉字写法。要向巫师核实唱词倒也不难，但无法用文字清晰记录的状态，却是口头表演艺术的一般特色。很多唱词本身就是以讹传讹的产物。所谓校对或核实，也不过是多出来一个版本，而那个版本，已经远离了大有父亲自以为是的理解。正因为这段唱词完整、细腻、生动且引人注意，像大有父亲这样能够大段背诵的观众大有人在，唱赞者需要集中全部精神，力图感染他的观众，同时也要谨防唱错而成为笑柄。

　　随着仪式推进，无论死者是男是女，唱词内容都会从死者的年轻时代转入奉养不足的不幸暮年，那些冰冷的唱词谴责子女无情，也宣泄了死者辛苦一生无非是徒劳的空虚感受：

> 燕子衔泥空费力，
>
> 为谁辛苦为谁忙？

这种虚无不是形而上的推演，而是生命结束时实实在在筋疲力尽的感觉。死亡带走了呼吸，也带来了彻底的休息。作为死者，现在——至少在字面上——可以松一口气了。

出殡前夜，将有一场仪式模拟死者生前走过的漫漫长路，大有称为"取水"，因为仪式最后需要在村子公共水井里取一碗水，再回到灵堂，供奉在死者灵前。取水仪式总是在天亮前最黑暗的时候举行，很显然因为那是阴阳交替的时刻。男性直系亲属捧着瓷碗，碗中点一支白蜡烛，按血缘亲疏排成一队。这支疲惫（通常这时候也还是悲伤的）队伍跟随身着陈旧冠冕、执着剑的巫师，在事先踏勘过的村中道路上缓慢行走。大有想，死者的魂魄此时应该也在队伍中，赶着要在晨光到来之前告别生者的世界。一支喇叭在前，一只小铜锣在后，彼此应答，巫师以梦幻般的吟诵相唱和，偶尔，一条短短的鞭炮丢入黑暗，发出噼噼啪啪急促的爆炸声。除此之外，无边无际的寂静笼罩一切，村里家家门户紧闭，对外面正在进行的仪式充耳不闻。冬天（太多死亡发生在这个季节），小路两旁厚厚的衰草上结了薄霜，踩上去很不真实，加之熬夜到了最困倦的时刻，生者也恍恍惚惚，眼前身后似乎并非人世间。失魂落魄的队伍绕着大圈，终于抵达水井时，东方渐渐发白，天光将要照亮银色的水面。和江南地方那些开口窄小、加了很高井栏的城市水井不同，乡下水井基本敞开着，呈马蹄形，有几级台阶通往井口。此时此地，通往幽冥世界的秘道已经打开，那里既是生者所饮，也将是死者所息。仪式进程至此明显加快，紧张气氛随着地球自转弥漫开来，直到取水结束，人们匆匆回到灵堂才会消散。

　　取水仪式利用了许多二元对立的元素，黑暗中的火光，静寂中的声响，水与路，都隐喻了死者世界（阴间）和生者世界（阳间）的对立和转化。然而很少有人（似乎也不需要有）真正了解仪式的结构、复杂的隐喻及其背后的观念，甚至也很少有人（包括大有在内）能完全评估仪式的功能，因为在这个紧要时刻，巫师的表演常常没有观众。大多数生者沉入睡梦的时刻，巫师还带着头脑和手脚都已麻木的死者后人，在暗夜中的小道上行走，在灵堂里一遍一遍转圈，直到他们的身体和精神进入难以自控的崩溃边缘。

丧事已经进行几天，天一亮就要收尾，灵堂里凌乱不堪，巫师们却渐渐进入亢奋状态。灵堂前用桌椅搭起两座高台，一匹白麻布系在高台之间。一座象征性的桥梁：这将是死者灵魂在人间的最后一段道路，一段前路茫茫而后路已经失却的孤独旅程。巫师必须小心再小心，因为他们进入了生者与死者之间的灰色地带。死亡有如蝉脱壳，蛇换皮，遗弃肉身的魂魄可能去往长生不死的境界，但过程有赖通灵之人扶持。要防止魂魄飘散，还要抓紧转瞬即逝的时机，因此有特制的纸幡为其引路。音乐急促，唱赞低回，每当巫师的表演进入完全脱离外部期待和评价而仅由专业人士内部掌控的阶段，大有都要一边克制自己的睡意，一边试图从舞蹈和唱词中把握葬礼仪式抽象的本质，但往往只是体会到灵魂附身般的轻微战栗。大有不止一次被巫师这个职业吸引，想要成为其中一分子，这段表演应该是主要原因。

　　然而，当出殡时刻终于来到，死亡摆脱了它所固有的灵肉二元论色彩。似乎在这一天天亮之后，死者的魂魄就与生者世界无关，接下来无非和种地一样，将死者停厝或埋葬在事先选定的位置。不值钱的遗物，各种仪式用品，特别是纸扎的亭台楼阁、宝马香车、童男童女和香花瑞兽，甚至冗长仪式过程中产生的垃圾，都被运到村庄边缘距离墓地不远的地方，堆起来付之一炬。杂乱的脚步声、号啕声、吹奏与敲击声、爆竹爆炸声，一整个早上充斥村庄，直到此时，直到火使人们安静下来。火带来净化。焚烧并不是纯粹基于抽象的理念，也有物质的和经验的依据，无论从哪方面讲，都有充分的合理性，虽然大有记得的总是暖烘烘的感觉以及对火灾的担心。

　　长期以来，杂姓移民村没有固定的家族墓地，死者横七竖八地葬在山冈东北侧，从山腰俯瞰国道（以及后来的单线铁路）。在国道和山冈之间，有一片光照不足的楔形水田。山本身则被开垦成了旱地，在那些窄窄的长条状地块上种了番薯（"红芋"）。番薯耐旱，生在地下的块根主要成分是淀粉，长在地表上的藤蔓很长，有对生的心形叶片。番薯的块根、藤和叶是常见猪饲料，后两者煮过之后有一种特殊的潲水味，大有至今无法忘记。番薯是大有父亲喜爱的食物，但不能多吃，因为年轻时长期以番薯作为主粮之一，给他留下了胃酸过多的毛病。

人葬在地下，好像种下一颗巨型番薯，就差不用浇水施肥了。死不是生的对立面，而是作为生的一部分永存，从集体经验的角度理解这句话，可能比从存在主义言情小说角度所做的解释更加妥帖。死者托体同山阿，却没有彻底终结或消散，死者将以自己的方式继续参与村庄生活，就像番薯以自己的方式参加能量与物质的循环。

小时候大有可不能像现在这样豁达地评价那些分散在灌木、杂草和番薯地之间的坟墓。它们实际上为大有在村庄里的活动划定了边界，就算是白天，也仿佛有什么阻止他去坟地一侧。尤其令大有感到苦恼的是单独走夜路时，每当接近这片山坡，就会心跳加速：四下似乎变得比其他地方更黑暗，又仿佛有什么东西从背后正靠近，大有幻想有人对着他的后颈吹气，幻想一只手即将伸上肩头，甚至想过有人在恶作剧地踩他的鞋跟。大有在心里惊叫了一声，抬腿就跑，真是惶惶如丧家之犬，必须跑到有人家有灯光的地方，才能慢慢停下来，接着急转身，确定身后除了安如磐石的夜色外，没有别的东西。但当大有与夜色对视，它显露出的安静并不包含任何答案。赤土的夜色，如同这世界上任何一个地方的夜色，本身是不置可否的，过去是如此，至今犹然。

　　上中学后有晚自习，散学后大群学生结伴回家，先要沿国道走上一段，沿途再三三两两地折下国道两侧的乡村道路。到赤土一带，大有身边只有两三个同伴，他们比大有年长，长得高，喜欢捉弄人，很快悄无声息地走在了前面。大有追不上同伴，又不愿示弱，只好硬着头皮，孤身穿过墓地山坡下那片楔形水田。这是一段过于煎熬的路程。为此，一年后大有不再走读，欣然开始了住校生涯。

　　恐惧并不是随着大有日渐年长就自然消失的。这里面有自我劝服的过程，但发生在一个特别的时机，看上去大有就像是一夜之间换了个人。至于为什么会如此，大有想，恐惧来自死亡，对恐惧的克服也来自死亡——但那是另一种死亡，是意外事故导致的非正常死亡。非正常死亡当然未必都来得意外。自杀发生前往往能看出端倪。很多人都和死者本人一样，为接受和实施自杀进行了长时间的心理准备。在这种极端的死亡事件中，死亡和死亡的方式已经注定，人等待的无非是死亡的意志最终出现。那些经及时甚至反复干预仍然实现的自杀，与其说是对导致自杀发生的那些因素，人人都束手无策，最后只能眼睁睁看着死亡预言自我实现，不如说求死的意志不但战胜了生的本能，也战胜了比此本能更强硬的社会规范和文化约束。和慢性衰竭导致的死亡不同，非正常死亡留下许多无解的谜题，也带来长久的不安。这种不安潜藏在村庄表面平静的日常生活之下。在随后几年甚至几十年里，创伤不时还会从言语忽然沉默的地方流露出来。为了把非正常死亡从日常伦理的框架中排除出去，围绕着这些死亡事件举行的仪式不再有抚慰人心的目标，仪式很短，日常生活的延续性和同一性不会穿插在葬礼之间。围绕着非正常死亡的仪式是凌厉的，气氛凄惨，惶然，紧张，处处昭示着日常生活因这类死亡发生了断裂。

大有想起 1990 年代初的某个晚上，他独自从学校晚自习归来，刚下国道，远远望见对面赤土的山坡上有什么东西在燃烧，可能是木头架子或人造的高台，红色的火舌不断迸射出白色火花，席卷着黑烟冲入天空，似乎空气的一部分也着了火。零零散散有些男人紧张地呼喊，似乎在指挥什么，却没有人应声。这些无人回应的呼喊于是被黑夜和毕毕剥剥的烈焰吸收了。事后想来，那是村里男人们唯恐干燥的气候导致火势蔓延，烧到山坡上的草木，正在努力设法限制火的范围。目睹仪式几乎失控，大有回到家，却什么都不敢问。天亮后人们对葬礼过程一言不发，导致大有对其中细节全然无知。他所知道的，无非一个中年男人死于非命，深夜中举行的仪式相当于精神救济，主要是预防他的魂魄因为猝然惨死而变成某种恶灵。

　　然而，仅仅是一两年后，大有远远经过坟地时，一个问题忽然从心里冒出来：人死后到底去了哪里？如果灵魂当真脱离肉体而存在，如果灵魂真的进入了距离村庄不远的平行世界，如果活着在一起的人死后灵魂也在一起，**那里**和**这里**，又有什么分别呢？活着时软弱、无能、窝囊、不幸，任人摆布却无可奈何的人类，死后灵魂真的会获得自由意志，甚至有支配生者的超能力吗？如果摆脱肉体意味着解放灵魂，人为什么会怕死？如果这一切都不会发生：

没有自由意志，没有超能力，如果——特别是如果死者的世界还需要用钱，**那里**岂不也要拥挤不堪、贫富分化，甚至恃强凌弱？

大有没有找到答案，世界的一重帷幕却脱落在他眼前。在人一生中，总有些这样的时刻，即使少年人的心，也能感受到类似沧桑的滋味。不仅在个人意义上如此，那也是乡村生活的时间循环突然中止的时刻。这个时刻带走了恐惧，也带走了伴随恐惧而来的丰富的感受力。那是 1980 年代和 1990 年代发生的事情给大有的肉体和精神世界留下的烙印。2000 年将要来到赤土，新世纪带给乡村的变化之一，是恐惧和感受力同步丧失。不仅大有失去了天真，所有成年人也要重新成年一次。新世纪和过去很不一样。这是一个敢作敢当的世纪，就像 18 世纪来到英国，19 世纪来到法国和德国，20 世纪来到美国，活着和死去的方式，都发生了很大变化。

非正常死亡的葬礼和寻常葬礼的区别之一，是少了些程式化的哭声。在寻常葬礼上，有一种哭是精心准备的表演，它们标示出葬礼的不同部分，往往在前一部分结束或下一部分开始的时候插入仪式进程。这种哭声都是突然爆发出来，继之以悠长和多次转折的哭腔，再以短促的喉音收尾。每个村庄都有些葬礼上哭丧的专家（当然都是中老年女性，比如大有母亲），她们维系着葬礼中的情感成分，防止仪式沦为纯粹的事务性流程，也提醒活着的人在葬礼上表现得体，做到行礼如仪。这种技巧并不需要正式传授，仅仅通过模仿就一代代传承下来，直到不久之前还是如此。但随着葬礼流于表面，掌握哭之艺术的最后一代人已经老了。等到她们去世，作为个人情感表达的哭声也许还会有，但作为仪式的一部分自觉维系着社会的哭声，将不复存在。常见的死亡将变得匆忙、草率，如同一个接一个非正常死亡。

孤独始末

五

赤土的季节是分明的。每到 8 月下旬，早晚暑气渐渐消散，凉意无声地从空中朝地面沉降。晚上，远山上方闪电不断，空气中水分落到植物狭长的叶片上，沿地心引力汇集到叶尖，在那里凝结成露（这种闪电被称作"露水㷸"。㷸，赤土话中的闪电，表示动作和过程的时候称为"掣㷸"，也即一闪而过的红色）。孩子们穿着从供销社里买来的针织背心（只有红、白、蓝三种颜色）和裁缝做的蓝色棉布短裤，整日打光脚板，顶着烈日晒了整整两个月，从头颈到脚背晒得乌黑，脚底渐渐结了茧子。夏天将要结束的时候，每一天身体感受都会和前一天形成鲜明对照，皮肤最先开始收敛，先是脚心不再出汗，钝化的末梢神经于是再次变得敏锐起来。8 月底中午总是吹起干燥的热风，大有待在竹林旁的树底下，双脚插入竹椅前细腻的灰尘里，感受到一丝凉意，稍微抬眼远望，白光刺目，便不由自主地眯起眼睛。风带来的不再只是暑气，光脚踩在地面上，有微微异样的感觉。

导致这种感觉的是泥土、空气和身体之间的温差。初夏大有第一次脱去袜子，小心伸出脚掌，踩在翻耕过的稻田或等待收割的苜蓿丛里，脚心感受到湿滑的田泥或倒伏的植物茎叶，因为凉和痒，忍不住哈哈大笑。光脚似乎意味着某种危险，这种危险与泥土或植物的凉意就这样紧紧联系在一起。当夏天结束，凉意再起，不安就从脚底皮肤侵入神经系统，孩子们先是穿上塑料拖鞋或凉鞋，不久套上袜子，再接着穿上了黑色灯芯绒布面的单布鞋。这是随着秋凉逐渐拉长的夜间大有母亲新做的（尽管她不擅针线，也缺少做针线活必要的耐心）。

督促孩子穿鞋是很晚出现的现象。在赤土，光脚才是常态，尤其是夏天，因为常常要下水下田，孩子也不例外。一旦养成习惯，即使在学校里，大有也常常脱掉鞋，光脚踩在水泥地上。三年级时，语文老师（也是班主任）命令大有离开座位，在黑板前罚站。这孩子毫无愧疚之心地站在同学面前，觉察到脚底一直在出汗。待大有回座位，老师发现地面上留下两个潮湿的脚印，她用象征主义口吻要大有把这两个脚印留在心里，但大有很困惑，不知怎样才算做到这一点。大有坐第一排，因为这个提醒，一直好奇地注视着那对浅黑色或深灰色的印记，直到它们消失在干燥的空气里。所有学生都因各种缘故罚过站，因此惩罚本身其实毫无威慑力，但老师的修辞术令大有印象深刻，顺带记住这件事，于大有，这是非意图后果，于她——也许是每一位老师，都应该从中体验到语言的魔力。和这种魔力相比，社会规范和道德说教其实微不足道。大有多次尝试回忆老师的样子，毫无结果，但她的长相曾是小学生放学后议论的话题之一。班上同学结伴回家时，有人认为老师"很美"——那是大有第一次听人用"美"这个书面语词形容女性，懵懂中不禁产生一种亵渎感，尽管说不出到底哪里不对。有这种感觉的显然不止大有一个，一位同学（大约是老师丈夫的侄子）愤愤地说要告发在场所有人，这些人于是在恐惧和暮色中一哄而散。第二天放学前，老师果然将说她"很美"的同学叫到黑板前，并让他们写出那个"美"字。这伙早熟的文盲正瞪目以对，老师便嫣然一笑，打发他们回自己的座位。那一年大有 6 岁，和告发者及被告发者在内的一干人，都迷惑于事态发展之出乎意料。如今大有的年龄比老师当年大得多，回首往事时深感她处事巧妙，但同样是非意图后果，因言获罪的恐惧却落入大有心里，就像暮色降临到回家路上一样无法抵挡。

光脚的真实风险很难忽略不顾。大有从三级台阶上跳下来，草丛中一截断碴朝上的玻璃瓶口扎进左脚脚心。血从伤口涌出，不断滴到地上，不止吓坏了大有。母亲解下围裙，包住那只受伤的脚，抱着大有一路跑到村医的诊室。那段路不远也不近，大有虽比同龄的孩子瘦小，抱起来想必仍然十分吃力。在诊室里，性格冷淡的村医照常冷淡地检查创口，做好包扎，便让大有回家去了：医生一贯如此。大有尽管是诊室的常客，但从来没有在医生脸上看到任何表情，更不要说得到安慰——很长时间里，大有怀疑医生对世间人事是否有过任何看法。唯一例外是某次大有腿上扎进一只有倒刺的鱼钩，医生费了很大气力推动鱼钩继续深入大有的肌肉，直到尖头从另一处穿透皮肤暴露出来。在剪断倒刺取出鱼钩之前，医生带着欣赏的表情凝视沾满鲜血的鱼钩片刻，罕见地露出一丝狂热的笑容。通常，大有父亲只是请医生为大有处理感染的伤口。那些伤口位于脚趾、膝盖和小腿，原本可能只是寻常擦伤、摔伤、烫伤或刀伤之类，很快便会结出软痂，一旦再度甚至三度碰破，或在稻田或池塘里碰到不洁的水，就会化脓，周边组织红肿，伤口始终不能愈合。医生用镀镍的尖镊子从饭盒似的金属容器里拈出一团浸泡在酒精中的脱脂棉球，擦拭伤口周围皮肤，又从茶色玻璃广口瓶中取出一团浸泡在碘伏溶液里的脱脂棉球，在伤口上反复按压。清创完毕，涂上抗生素药膏，覆以一小片方形医用纱布，剪下窄窄的两段白胶布，将纱布上下两端固定在大有皮肤上，动作娴熟稳定，整个过程散发着挥发性药品和药膏添加物的气味，器械和容器碰撞的声音短促而清脆，似乎出自梦游者之手。脱脂棉、碘酒、药膏、纱布、医用胶布……脱脂棉、碘酒、药膏、纱布、医用胶布……脱脂棉、碘酒、药膏、纱布、医用胶布……于是构成夏天另一条叙事线。

大有靠着母亲，勉强单腿蹦回家，受伤的脚心并无感觉，只是裹上纱布和绷带后累赘麻木，无论如何不敢落地。和去时一样，回家路上母亲没有说过一句话。大有心里惭愧而懊恼，决心从此不再光脚走路。伤口缓慢愈合期间，大有每天穿着拖鞋，一蹦一跳去找医生换药，再一蹦一跳回家，成了村人笑柄。对人们如此残忍，大有倒是早有准备，虽然恼怒，并不太放在心上，但大有父亲也不断对此加以嘲笑。一天晚饭前，大有忍无可忍，起身跑出大门，赤脚穿过院子，从低矮的院墙上一跃而过。落到院墙外的地面上，受伤的脚底隐然作痛，但狂怒驱使他在黑暗中奔过崎岖肮脏的小路，一直跑到邻村，才放慢脚步。家家户户都在小水电昏黄的灯光下吃晚饭，景象虽暗淡却不无温暖。父亲的绝情令大有心里一片冰凉，仿佛一个声音在说：就这样走下去——大有已经懂得什么叫离家出走，也确信这是唯一可以保全尊严的做法，但眼前道路在低矮的竹子和灌木丛之间向远处延伸，灌木背后是茂密的杉树林，沉浸在蓝黑墨水一样的暮色中。它将通向何处？

那条路在平缓的山冈上微微起伏不定。路面没有硬化，路边没有排水沟，下大雨时，雨水落地，洗去灰尘和浮土，便会留下纵横交错的沟壑，大小和形状不一的石头暴露出来，勉强维系着周围颗粒较大的砂土和黏性较强的黏土。光脚走在这样的路上，身体的存在感时刻通过脚底不断变化的压力传递到大脑，迫使人对环境变化保持专注。即便如此，夏天大有还是常常在石头上踢破脚趾头，随即仿照那个年代男孩子的通行做法，往伤口上撒一泡尿。体液的温度和盐分让伤口的疼痛非常鲜明，似乎这样可以促进它收敛愈合。这种做法的起源很难追根问底，也许是孩子从成人世界里继承的许多默会知识中的一种。这类默会知识可能源自经验，也可能源自观念 / 仪式，但逻辑和效果都不能验证，其性质与现代知识不是一回事。也不排除只是某个男孩子心血来潮的游戏之举，却被一代代孩子仿效，以为是必须遵循的标准流程。直到某一天，他们突然意识到其中的虚妄，或因为年龄增长必须遵循另一套行为规则，便放弃了这种做法。

乡村少年在互相模仿和（不那么确定的）自我意识中度过童年和青少年时光，如果不是离家上学，甚至不会经历明显的青春期。1980 年代和 1990 年代前期的赤土，明显缺乏所谓过渡仪式（也就是将人的一生区别为不同阶段的象征性事件）。从未成年人到成年人的转变过程含糊不清，谁也说不清楚两者的区别到底是什么。一直生活在乡村里的同伴，要不是后来去城市打工接触到更加复杂的文化模式，就会和他们的父辈一样，终身保持一些幼稚的观念和举止。那是缺乏足够多样性参照系的生活环境留在他们性格中的烙印，他们不断衰老的身体内部始终保持着未能充分发育的自我。稚气未脱的老年人在乡村里随处可见，甚至有专门的词（"老小"）来形容老人与孩子共有的精神状态。封闭的环境和发育不全的人格互相反馈，为那些按照现代标准并未成年的成年人提供保护，最后，出头露面的少数人不仅在自己家庭里，也在宗族和村庄的公共事务中，扮演家长角色。其他人要么扮演言听计从的跟随者角色，实际上免除了自主的责任，要么扮演敢怒不敢言的潜在挑战者角色，在挑战成功之前，始终处于被压制的地位。在这种秩序中，年龄和辈分只是非常边缘的影响因素，是否具备成年人的处世方式和自我认同才是关键。所谓成年人的处世方式，意味着可以根据生活本身的复杂程度进行反思性的综合思考，也有能力和意愿协调其他人的立场与利益。这种自我认同主要表现为一种观念，或者说信念，即在需要做决定的时候做出决定，乃是成年人的义务，哪怕因此要承受不利的后果。

决定的重负可以让一个人的自我意识变得鲜明，但也可能压垮他。在离家出走如同箭在弦上的晚上，如果大有沿着那条路走下去，不再回头，那个夜晚就会成为大有的过渡仪式。大有将从精神上变成一个成年人。但就算是在后来——不是当他站在小小的人生十字路口上，而是带着中年人令人费解的笑意讲述往事时，大有的记忆也会生出许多枝节，好像专门为了淡化那种紧张，一些不相干的事在他讲述时涌上心头。这些纷至沓来的回忆削弱了大有对离家出走的心情进行回顾和解释的迫切性，推迟了他（在记忆的催化下）重新做出决定的时间。两种记忆对比鲜明，一种看似太过沉重，令大有至今难以释怀，另一种不但琐细，也要愉快 / 滑稽得多，并且有鲜明的视觉性。

其中一个场景发生在 1980 年代某个 9 月 1 日上午，很明显是个雨天，而且雨下得很大（夏末季节，除非下大雨，天光绝不会暗淡到那种程度）。大有看到父亲撑一把很大的黑伞，甚至听得到雨落在尼龙伞面上噗噗噗噗响个不停的声音。那时候还有人用油纸伞呢（除了伞面，所有部件都是竹制，非常精巧，但是重极了）。雨打在油纸伞面上的声音，与打在尼龙伞上的声音迥然不同，倒是与雨打在斗笠上的声音类似。大有可能是最后一代穿过蓑衣、戴过斗笠的中国人。蓑衣是用棕榈树上剥下来的鬃毛状叶鞘纤维编织的斗篷，只是不带帽兜，比斗篷短，勉强能遮住背。斗笠呈锥状，宽帽檐，制作时用竹篾编出骨架，再填入竹叶——不是狭长的水竹叶或毛竹叶，而是用来包粽子的箬竹叶。蓑衣、箬笠，这两样雨具大有都很熟悉，每当在古代诗词里读到，总觉得很亲切。

初中语文课本上有张志和的《渔歌子》：

> 西塞山前白鹭飞，
> 桃花流水鳜鱼肥。
> 青箬笠，绿蓑衣，
> 斜风细雨不须归。

青箬笠可解，但蓑衣何以是绿色？大有只知在赤土编蓑衣的棕毛是棕色，不知道古人尚用蓑草编织蓑衣。蓑草就是龙须草，南北皆生，没有干透前当然色泽青绿。张志和是唐朝人，生于732年（唐开元二十年），这首词可能写于761年。大有他们念书不过照本宣科，教的人、学的人丝毫意识不到自己和一千两百多年前的古人有什么关联。那一点从日常生活中来的审美亲近，和无法充分发育的自我意识一样，要么始终保持在萌芽之初的幼稚状态，要么干脆就萎缩了。

回到 9 月 1 日（大有不会忘记这个日期）那个雨天，和平常一样，大雨冲刷路面，把泥土从沙石中冲洗出来，再沿着无数细小的沟壑，带到地势低洼的地方，将那些地方越抬越高。大有卷起裤脚，光脚蹚着水流往山顶走。脚底下不断崩解的路面变得又滑又危险，他奋力迈步跟着父亲，还要留心不至走出伞的范围。大有其实没有到上学的年龄，但根据当年一项来源不明的政策，交 10 块钱学费（给大有的印象是一大笔钱）就可以上学，年龄不论。于是父亲带大有去小学报名——就在几年后大有犹豫着要不要离家出走的同一条路上，大有第一次意识到，家离学校其实很近，而非他从前想象的那样，属于不同的两个世界。

大有上学很少走这条路，因为走村里小路更快（尽管崎岖不平，下雨时又湿又滑），但放学后常走这里，因为和大有有些来往的同学都住邻村，这是他们的必经之路。等他大了些，便在路边杉树林中发现了乐趣。林中有空地，有蘑菇、野果、地衣（赤土话中称之为"鼻涕菇"），有鸟和虫，偶尔还能看到兔子。杉树笔直，很少分枝，树冠小，长得高。大有偶尔爬树，发现小树不能承重，爬得稍高，树干便开始弯曲，于是双手抓住树干，随树冠一起垂到地面。杉树弹性极好，大有松手后，枝干不久就能恢复原状。大有对这个游戏着了迷，上学前放学后避开其他人，去找这棵树玩，看它低头又弹起，直到多日后树干终于折断为止。折断的树干被他丢到山下，若无其事地拖回了家。第二天上学，又钻进树林，另找到一棵杉树，爬上去、坠下来，弯折、弹起，周而复始。无人分享——这个游戏最大的乐趣正在于此，大有沉湎其中，偶尔也觉得自己幼稚，怕别人嘲笑，不自觉开始独来独往。古人沉思冥想，自觉与天地独往来，大有没有这样的眼界和胸襟，从小为不合群而烦恼，但一个人待在树林里，很安静，也很开心，有没有小伙伴，似乎没那么重要。

簇拥着学校的这一大片杉树并不是原生林。山冈上除了少数樟树树龄较长，几乎没有大树。"畈上"缺少柴薪是原因之一，另一个原因要追溯到 1958 年"大炼钢铁"时对树木和植被的破坏。水库移民到来加剧了环境压力。靠近移民村一边的山冈被开垦成"龙田"（也就是梯田），尽管土壤贫瘠，灌溉困难，在新开垦的土地上种植水稻需要投入数不清的人力，几乎得不偿失，但新移民执着的尝试一直持续到1990年代后期。劳动力转移到城市之后，这些新增耕地再也无法维持，先变成旱地，接着变成林地，二十年后，便从人工环境重新退化为半自然状态。

那些挺拔而肃穆的杉树消失于1990年代初，是那段时间里令人痛心的事情之一。起因虽是兴建砖窑厂占用林地，但开厂实际用地面积不会超过林地的一半，所有杉树却在很短时间里全部被伐光，留下光秃秃的山坡。后来砖窑厂停业，但杉树林曾经覆盖之处，再也没有恢复曾有的气象，植被类型和景观与大有小时候相比，已经全然改观。山冈上散乱的坟墓数量不断增加（墓碑上大有熟悉的名字越来越多），在灌木和草丛中若隐若现，位置距离冈顶的道路越来越近。在道路另一侧，建筑随着人口迁出逐渐向山坡下方集中（山脚另有一条通行更加便利的道路）。冈顶小路虽然已改筑为水泥路面，但又被取直拓宽的国道从中截断，失去了与小学和"T"字路口的联系，倾颓的趋势已经无法逆转。大有听说过几年小学要迁址另建，届时这条路便只能永远是断头路，等到能在记忆中重构它的人日益稀少，时间便可将古道逼入绝境。

多年前大有带着纱布和绷带越过自家围墙，光脚向远处走去时，可以望见不远处国道上偶尔驶过汽车，车头灯光如同刀切豆腐，轻易便破开混沌的夜幕。他不知这些车从何而来，亦不知它们去往哪里。它们出现，然后消失，既神秘，又理所当然，一直让大有幻想群山背后隐藏着很多平行世界，被各种大路小径连成一体。大有觉着，在数不清的平行世界中，每个世界都有一个大有，在犹豫要不要离家出走。

但茫然和胆怯还是渐渐取代了愤怒。那是一段微妙、自怜自伤和自我怨恨的时间。大有停下脚步，体会脚底沉闷却明确的疼痛，暗自担心伤口已经崩裂。黑暗中什么都看不见，也没有合适的地方让他检查纱布上是否有血迹。大有想到几天前母亲抱着他跑了几百米远，好像就在眼前。大有脱离母亲的怀抱久了，想起她在沉默中爆发出来的极度关切，不由得心软。这是屈服的明显信号。于是他转过身，走回了家。

沿路尽是嘈杂的虫鸣。各种声响构成了赤土夏夜里再熟悉不过的背景，以至于虫鸣声很少会在意识中突显出来，只是在那一刻，大有产生了日后将变得非常熟悉的情绪：整个人浅浅地漂浮在时间和空间中，听之任之。这种感受通常发生在旅途当中。有几年，大有行色匆匆，大部分时间都在出差，为了千奇百怪的理由，去各种地方，见识各色各样的人。旅途总是不便。下了飞机，包出租车或转乘大巴，甚至坐摩托车，多方辗转才能到目的地。只要大巴上乘客不多，大有总躺在最后一排座位上，枕着背包，尽可能伸直双腿——当然并不能真的伸直，也很少能睡得着觉，但大巴颠簸时，在车尾感受到的振幅最大，让人有身在舟中随波逐流的错觉。有时夜幕降临，他仍在陌生景物和人事中跋涉，一种奇怪的心绪会让感官——特别是听觉——变得极为敏锐。不管是虫声、鸟鸣还是远处汽车驶过的声音，都将人从环境中分离出来，让大有产生强烈的自我意识，并由此觉察到，人无非孤独地生活在异己的世界上。

1990年代初，大有总沿同一条路往返于初中与赤土之间。路程并不长，三分之二是国道，余下的路穿过村子北部的田野。一到夏天，国道的柏油路面在中午烈日暴晒下变形融化，傍晚气温下降后重新凝固起来，如此反复不已。有时大有像看活物一样看这条路，内心不无悚惕。平时走在道路边沿的砂石路基上尚要小心翼翼，不得已过马路时更得特别当心不要失陷在路面中间。偶尔有人被粘掉一只鞋，当他/她勉强弯腰拔起那只沾满柏油的塑料凉鞋（或拖鞋），总是露出绝望的表情，因为柏油既不能立即清除，日后也不可能彻底清理干净，何况他们还有路要走（在那样的天气里，每一粒沙子都因为吸收太阳能量变得滚烫，光脚走过任何一种路面都是不可能的）。在这种黏稠的路面上行驶的机动车很少，如果中国邮政绿色的厢式货车经过（车厢两侧书写着巨大的"零担"二字。多少年来，大有一直猜测这两个字是什么意思），车轮就会发出一串"嗞——"的声音，听者像是从腿上揭去一张活血止痛膏，必须深吸一口凉气。

初中一年级暑假，大有去学校补习英文，回程偶尔与补习班同学同行。有位同学所在村子与赤土隔河相望，父亲是赤土一带的剃头师傅，每隔十天便去大有家一趟，和大有很熟。那时候剃头是一门流动的职业，每天背工具箱出门，到村里找一户人家，借一只毛巾架，一条长凳，等村里男人（偶尔才有女人）自带热水和毛巾上门。剃头师傅的业务范围很广，包括理发、修面、掏耳朵，有时候也按摩、正骨、治落枕。这个职业当然要熟练使用剪刀、推子、梳子、剃刀以及整套掏耳朵的工具（装在一支木头小圆筒里。圆筒很精致地箍了亮闪闪的黄铜），主顾们会细心观察和体会剃头师傅使用工具的合理程度和熟练程度，就像评论村人耕田、施肥、插秧和割稻的水平高低。批评并没有正式和严肃的形式，而是表现为舆论。对一个剃头师傅来说，他的职业前景和养家糊口的机会，都系于这种非正式的舆论。

当然，时间管理能力也许比手艺更重要。上门频率事先说定，惯例是每月三趟，农忙时节除外。剃头师傅往来赤土各村之间，每月初一、十一和二十一出现在 A 村，初二、十二和二十二出现在 B 村，循环往复。他对自己服务的村子里有多少成年男性心中有数，这些人都是他的主顾，必须平等对待，满足他们对剃头师傅的基本期待。正常情况下，为成年男性理发、修面和掏耳朵所需时间是固定的，剃头师傅需要在村里待多久事先可以估计。他据此安排在某个村子里待一天还是半天。剃头师傅上门那天，多数男人会留出时间。理发时必有三五人候在旁边闲谈。在这种场合，他是绝对的谈话焦点。因为平时在周围各村流动，他的消息无疑是最灵通的。主顾们坐在长条凳上享受他的服务，听他说十里八村的新闻，不甘心显得鄙陋无闻，很愿意提供背景和分析。闲言碎语的涓涓细流于是汇总在他这里，经过提炼分析，拿捏分寸，然后流通出去。一个好的剃头师傅也是记者、主编和专栏作家，在传统乡村里是信息交换的关键。

主顾们因为头发或胡子太长而生出抱怨之前，剃头师傅要适时出现，平息可能导致换人的舆论。当他老了，或者请他的人太多，剃头师傅会带着中意的年轻徒弟上门，让他们锻炼手艺，也让他们和顾客互相熟悉，学习和人打交道的能力。老师傅用自己的信誉为小徒弟的人品背书，不能不说是一份沉重的责任，其意图是再明显不过的：如果老师傅退休，他希望小徒弟能够接替他的位置。这话是不能随便说出口的。主顾们任由小徒弟用尚不成熟的手艺为他们服务，表现出宽容和忍耐，但用意却在考察他的能力和态度，最后要通过正式的商议，才能决定是否接受老师傅的安排。

在乡下做剃头师傅并不容易。长相要周正，脾气要温和，态度既热情，又不失手艺人的尊严，对不同脾气的主顾有不同的应对之道，或者反过来，用同一种不卑不亢的态度面对所有的人。他的主要目标，是把自己嵌入村庄的固有结构，而不是一个可以随时替代的功能性外挂。靠这门手艺，剃头师傅在种田之外有一份收入，生活大概要比一般人家好些。但老师傅安排接班人的苦心不一定成为现实。赤土流传着一段顺口溜：建国剃头，轧蛮似牛，三刀两剐，头破血流。

建国是赤土最后一位剃头师傅的亲弟弟，也就是大有英文补习班同学的亲叔叔，这段顺口溜毁了他作为剃头师傅的前途。那是1990年代中期的事。后来建国在冈顶"T"字路口开了一家理发店，转椅、大镜子和明星海报简陋陈旧，手艺和脾气不见改善，但毕竟是赤土第一家理发店，顺应了那个时期社会流动性不断增加的现实。剃头师傅这个古老的职业因为这个离经叛道的行为走到了尽头。

因为父辈这层关系，大有和补习班同学算是熟人。偶尔他骑车带大有回家，骑得极快，大有用少年人常见的姿势，面朝车后坐在货架上，眼见沿途风景纷纷后退，隐隐觉得不安，伸手牢牢抓住货架铁条，才不致颠落。到了两人平常分手的地方，同学照常左转穿过公路，但并未减速让大有下车，大有有些不悦，贸然一跳，便被惯性带倒在柏油路上。他仰面摔倒时，背后开来的货车已经近在眼前。司机打了左转，在路面上留下两条弯曲的轮胎印和一长串异常愤怒的喇叭声。大有滚到路边，爬起来坐了片刻，同学的背影已经去得远了。他起身时觉着手脚冰凉，衬衫上沾了许多柏油，一面感到愤懑，一面忽然冒出除死无大事的念头来，偏偏一位表姐骑车经过，惊声提醒他头上在流血。大有在河里洗了脸，脱下衬衫攥在手里，带着深刻的懊恼回到家，既没有勇气也耻于再讲死里逃生的经历。

头上伤口愈合后，留下约莫两寸长伤疤，伤疤较周围头皮凹进去数分。从那之后，每当摸到伤疤，大有便觉得人性莫测，时间长了，怨恨之情渐消，而警惕之心日长。这是少数蝉蜕般的经历之一。大有在孤独中积累的所有细节最终趋向自我否定，继而激进地以今日之我覆盖昨日之我，便与这类生死交关又微不足道的经历有关。

但夏天毕竟有助于忘记愤怒、委屈甚至恐惧。小时候大有将笨重的单杠或双杠自行车推到冈顶山塘边，扶定车把，助跑几步后，左脚踩上踏板，右脚穿过车身支架，够到另一侧踏板，自行车便顺着惯性和山势，沿一道长长的坡道疾驰而下。这条路是大有父亲带着村人修的，路两旁种了枫杨做行道树，春夏之交便挂起一串串翅果。这些树长势不好，明明是乔木树种，始终很低矮，还招来蛾子产卵，当梅雨后翅果落尽，枝叶上便挂满毛虫，很瘆人。路修成之初铺了砂石。过了些年，砂石被雨水冲走后没有及时填补，渐渐露出路基里的碎石，路面变得高低不平，经过 7 月和 8 月连续暴晒，每一处缝隙、皱褶、沟壑和小坑都被发白的尘土填满。自行车远远驶来，粉末状灰尘腾起，将一人一车裹在其中，倏忽到了坡底，如果刹车不及时，便会一直冲到路尽头的水渠前。那是骑行者炫技的时刻，自觉正在追求控制和失控之间的灰色地带，虽然旁观者熟视无睹，当事人却觉得惊心动魄，事后在心里复盘，意识到结局在两可之间——为什么自行车恰好在最后一瞬间耗尽动能，停在水渠前？

世界的确定性在刺激中坍塌一小块，随机性的幽灵随后升起——当然只是一瞬间。确定性和随机性逐渐易位，需要很长时间才会从头塑造一个人。他／她将习得一些新词来

111

形容后起的观念，并将其扩展为看待生命意义及其发生环境的特定视角：最早是**运气**，也许是**侥幸**或**巧合**，后来便是**命运**、**不可测性**，或者**机缘**，等等。虚无感一开始被认为是作为实体的存在在特定条件下的显示或者说再现，一种影子般的存在，直到这种二元论的理解框架被某些事件摧毁——通常是存在赖以被感知的物质特征、社会过程或权力结构显示出对相对个体的压倒性力量，影子便会生长，最终像夜色笼罩人的一生。当他／她再次面对一条坎坷的下坡路，也许还会选择将身体交给不可靠的机械或者干脆只是惯性本身，但当随机性的风声在耳畔吹起，大多数成年人会闭上眼睛，听之任之，而在旁观者看来，他们一掠而过的身影毫无深意，与寻找刺激的小儿没有什么分别。

六

在坡道尽头，水渠上架了两块石板做桥，再往前又是水塘，水塘后三排屋宇，组成一个紧凑小村落，地势略高于四周水田。这便是移民最早落脚的地方，因为是开辟竹林建筑地基，小村落被称为"竹林屋"，与后期移民迁入后增建的"祠堂屋"和"冈上"构成"品"字形分布的小组团。大有家在半个世纪中三次迁址重建，从"竹林屋"而"祠堂屋"而"冈上"，也即从卑湿的田野逐渐往地势较高的坡地移动，反映了移民建筑选址的一般趋势。

"竹林屋"那些低矮的房子是由未经烧制的土砖、过细的横梁、变形的椽木、檩条和深灰色小瓦建成的，室内地面不做处理，崎岖潮湿一如室外。村子面朝平野和远处的同姓村，与西侧位于半山的"祠堂屋"和接近山顶的"冈上"互为掎角。村北约一千米外有一座拦河水库,踞于大山山腰,站在大坝上可依次俯瞰国道、铁路和村庄。水流出泄洪道,进入干渠,向南至大畈中间,与西边另一座小水库下引出的渠道交汇,从此一路集纳北方群山中无数小水库南流的河水,至邻县,与淹没大有祖居的巨型水库来水合流,继续往东往南,便可汇进长江。几十年中数县农民以"义务工"或"以工代赈"形式修建的灌溉网络中,有一条微不足道的支渠,从"竹林屋"西侧流过,成为早期移民的主要水源。一口池塘和一口水井分别位于水渠两侧。多年后池塘因为水质问题被填平,但没有井栏和井盖的水井仍在,石砌井壁围成直径 1.5 米左右不规则圆形,几级长石条台阶伸进井口,临水处安放一块略宽的石板,供人取水时站立。

塑料桶出现之前,村人挑水习惯用两头带绳索和铁钩的扁担(因此有"扁担钩"这个扼要但容易误解的派生词),一头钩住一只曲梁木桶。取水时扁担并不落肩,只需抓住桶梁,侧身弯腰,将一只桶放在水面,利用其下沉瞬间便可打满水,提住这桶水的同时直起身,扁担换肩,再侧身弯腰,同样施为,打满另一桶水——说来复杂,但身体有肌肉记忆，并不算难。夏天水位下降到台阶下，取水时需要下到台阶最低一级，再走上一条旱季时才会从水下显露出来的石头横梁，到井圈内侧打水。横梁又湿又滑，极易失足，但并未有人因此落水。

1990 年代初，大有已经住校，每周六下午可以回一趟家。周日下午大有返校，村人正收割晚稻。大有独自穿过田野，经过"竹林屋"时，瞥见水井里飘着一件小夹衣，便走过去，一脚站在石阶上，一脚踏住井壁，试图捞起夹衣。水面荡漾了一下，露出一张小小苍白的脸。这个悲剧像一颗投向秋天的石子，激起可怕的涟漪。人们丢下手上的一切，从四面八方向水井奔来。在村人杂乱的嘶喊和孩子父母的恸哭声中，大有退出人群。触觉告诉他，死亡已经不可挽回，然而大有没有准备好如何面对这个事实，只好一个人沿着水渠向北、向学校走去，仿佛什么都没有发生。

几年后，也是秋天，另一个孩子溺死在"祠堂屋"家中后院的水坑里，旁边就是几小畦菜地。孩子祖母在山壁下掘开一个小坑，泉水从山体渗出后汇成这个浅浅的水洼，只是为了方便取水浇菜罢了。两个夭折的孩子都是女孩，都来自大有的亲族。她们的死激起的恐慌与悲痛虽然真实，却是有限的。一来，"意外"在乡村不像字面上那么意外，二来，她们的生命没有来得及展开，就像时间表上被提前取消的预约，种种可能性已经无从探究。但死亡也需要一个理由（最好还是可见的）。孩子夭折后，流言悄悄在村子里传播，沿着不同姓氏、亲族、地域和代际之间原有的裂痕，将它们扩大成深刻的矛盾。没有任何假说或推测能得到验证。它们只是一些仇恨的种子，落到生者心中，如果有更多意外的滋养，固然可能演化成尖锐的对立，并最终爆发出来。但这些基于成见和猜疑的恨意，大多数情况下都不了了之——抑制冲突的社会机制很多，远远超出普通人维系仇恨所需的心力和资源，更不要说时间及其周而复始的循环那消解一切的力量。一个接一个秋天到来，一个接一个死讯远去，尤其是死去的孩子，因为没有坟墓和碑石保留下他们生存的痕迹，便像一缕风，消失在空气里。

多年后，大有在东南亚一处小城参观一座古老的圣公会墓地，见各种墓碑紧紧簇拥在一起，在一座古老教堂荫蔽下，紧靠英国东印度公司原址。许多墓碑属于夭折的年轻人、儿童甚至婴儿，他们在此世短暂的存在及其终结都被看作终极意义的显现。这些小小的墓碑在一百五十多年后让大有的心跳慢了半拍。大有想起生在赤土并过早死去的孩子们，他们在字面意义上融入泥土，除了曾经心痛如绞的父母，不会有人留意何处草木葱茏非同往日。两种特定生存哲学如此自我演绎，倒不是说有什么特别惊心的地方，留在大有记忆中的差异，更多是身体上的：一座潮热的海边城市，长夏无冬，街道和两旁建筑墙面总是湿漉漉的。大有一直在出汗。城里有几处炮台，不知哪个世纪里铸造的大炮至今指着茫茫大海，海水在中午的阳光下闪耀着令人晕眩的白光。那些死去的孩子和他们的父母一样，都是伟大的旅行者和创造者，但他们创造的光景，在大有看来竟如此陌生、危险又虚无。在赤土，当孩子们死去的秋天走向尾声，厚厚的衰草覆盖着田埂两侧，芭茅抽出穗芒，结出狗尾状绒毛，向路心低垂。走着走着，大有常常在路边躺下来，拉起外套罩住头脸，片刻后便睡着了。突如其来的睡眠无计划和由来，醒来时脖子上都是细汗。日光则近乎烙印，皮肤吸收热量的同时，应当也吸收了些不能清除的信息，因为微微的炙烤感至今保留在大有身上。

对发生在秋天的意外死亡，大有除了记得湛蓝的天空覆盖山峦田野，还记得空气中一种成熟的酸味，也许来自谷物，也许来自野果，也许来自土地本身。这酸味超越了是非、善恶、悲欣，以至于多年后读到冯至的诗《原野的哭声》，大有鼻端似乎尚萦绕着那种气息：

我时常看见在原野里
一个村童，或一个农妇
向着无语的晴空啼哭，
是为了一个惩罚，可是

为了一个玩具的毁弃？
是为了丈夫的死亡，
可是为了儿子的病创？
啼哭得那样没有停息，

像整个的生命都嵌在
一个框子里，在框子外
没有人生，也没有世界。

> 我觉得他们好像从古来
>
> 就一任眼泪不住地流
>
> 为了一个绝望的宇宙。

尽管蜻蜓点水，诗人在这里确实创造了一组矛盾：框子和宇宙。社会事实引发知觉与情感，在人类生活中构建起意义的交感回路，诗中所说的框子，大抵是这么回事。人为失去哭泣，但眼泪并不会"不住地流"。反复失去会让知觉和情感反应变得迟钝，像笨拙的拳击手先失去躲闪能力，然后失去反击的意志。所以当人哭泣时，失去的往往不过是琐细之物，在失去所有时反倒表现得很冷静，似乎泪水配不上失去这一事实本身。失去，这一事实乃是宇宙在小得不能再小的个体尺度上展开的形式，因为没有边界，也因为无法用道德标准加以衡量，以至于人无力感知，无力反馈。

抒情往往妨碍诗人对无情之物的体认和思考。冯至诗中的宇宙仅限于历史，也即人文主义者所看到的、在时间序列中展开的社会事实。经过持续的自我教育，后来大有正是变成了这样抒情的人文主义者，偶尔也写诗，作为一种消磨失眠时间的游戏。大有很早便意识到，未经训练很难掌握诗歌这一文体，但秋天的记忆在黑暗中仍历历可见：

> 秋天来到红土丘陵，
>
> 桑树俯瞰原野，
>
> 和原野上衰败的草木。
>
> 当温热的水面刮起微风，
>
> 泥土散发出阵阵酸气。

这是为一首题为《桑树》的笨拙习作写的开头，大有希望通过建立拟人视角和对知觉事实的列举，切入头脑中某些不甚清晰的主题——时间、记忆、情感，等等。夜复一夜，大有躺在床上，听墙上时钟运行时总是慢若干分之一拍的嘀嗒声（让人担心齿轮会在下一秒解体），从黑暗中把一些字词碎片收集起来，排定它们的次序，将其中若干从原来位置取出来，试着放在其他字词之前（或之后）。删去若干介词（或连词），修改形容词和副词。置换同义词以求音调和谐。最后用赤土方言默读一遍：

孤独始末

在寂寥的夜里，
远方的车子呼啸而过，
床在撞击墙壁，
地板长出新的裂缝。

在寂寥的夜里，
秒针均匀地告别过去。
在寂寥的空虚里，
坚固的事物开始分解自己：

巨星坍塌，
银河变成沙海，
尘埃穿梭，
生命消失又兴起。

在寂寥的空虚里，
只有心事，从未离开，
也不曾湮灭或忘记；
心事是水上静止的蜻蜓，

浮游在寂寥的夜里。

席地而卧的秋天，大有醒来后继续躺在路边，只掀开外套一角，望向"无语的晴空"。那里蓝色平淡而干燥，能吸收一切目光。大有感到心里空空荡荡，不知身在何方何世，在身体知觉、学业竞争、父母和迷雾一样的女孩陆续具备清晰轮廓之前，只想这样一直躺下去。大有不想去哪里，也不想做什么，或是成为谁。他不想寄望于人，也不愿别人寄望于自己。大有只想爬上一棵杉树，随树干垂落地面，或就这样躺在路边，陷入混沌，随便被天光掩埋。他已经意识到，逐渐暗下去、凉下去的秋天有多微妙，人生就有多乏味。

路边的睡眠成了一道分水岭。过了那两年，大有再不能随便躺下来，只因为秋天的阳光、风和微微的孤独令人沉醉。一个孤独少年的秩序意识是很容易恢复的。一切道路、草木、田地、建筑、行人、牲畜和季节，慢慢都要回到它们原来所在的位置和相互关系当中；大有自己也不例外。距离村子不到两公里，一所四排房子的初级中学，一间略显空荡的教室，其中有一套桌椅属于大有，或者反过来说，大有属于它。一天傍晚，大有和同学坐在操场上聊天，父亲远远骑车过来，望见大有，便调转车头回去了。虽然未交一言，大有深知父亲为什么出现在那里。大有父亲总听村里走读的孩子说住校生常去校外打台球，便不时来学校抽查大有的行止。当时大有既不觉得父亲可笑，也无怨恨，当然也说不上感谢。监控的理由总是防止堕落，当时如此，更为严酷的高中时期也是这样，代价是造就许多孤独的个体和人之间深深的隔膜。只要不算太迟钝，这种隔膜总有一天要导致怀疑。在赤土，男人总是非常笨拙地扮演父亲角色，时刻担心演得不好，子女会质疑他们的权威。一旦真的演出失败，事情总是靠暴力收场，这样一来，权威便不可挽回地走向破灭。弱者最后的武器是无言的蔑视：什么都不说，什么都不反对，同时永远放弃了对强者的认同。

大有处在迟缓而艰难的青春前期，时刻不忘营建情绪的篱笆和壁垒。那时大有还无法想象，仅仅两年后，他和父亲的关系就会发生转折。高中不仅在物理上，更重要的是在心理上使大有远离村庄，也使村庄远离了大有。大有将从赤土的社会结构中脱嵌而出，从此被看作半个外人。这段距离足以让大有和父亲重新审视对方，改变他们习惯上看待彼此的方式，尤其让大有改变了看待自己的方式。

孤独使人在自我意识中区别于其他人。孤独为一个十几岁的少年人创造保护壳，也创造一种恐惧。这当然是个悖论。大有努力让自己有别于周围的人，又担心别人会注意到这一点。但他们要是没有注意到这一点，大有的努力就白费了。总之，大有渴望与众不同，又不愿意别人意识到他过着双重生活，为此必须在人群中扮演某种角色。孤独的人可能被认为不合群，被认为性格内向，不善言辞，而非从根本上是个怪物。大有见过一些因为生理缺陷、性情甚至生活习惯在学校里被同龄人彻底孤立的学生。他们为数虽少，处境却可悲可悯。大有认为自己承受不了这样的孤立。更何况，暴力正在校园中快速蔓延，一到天黑，小流氓就混进校园欺负学生，女生晚上不敢上公共厕所，落单的男生被带到墙角，无缘无故遭一顿暴打，事后还不敢声张。1990年代初，学生之间零散打斗发展到打群架的场面屡见不鲜。平时被孤立的学生此时更容易遭到伤害。

被粮站、乡政府和卫生院挤在山腰上的初级中学，因为学生要上晚自习，夜里便成了黑暗乡村中一座灯光明亮的孤岛。孤岛上的师生感到四邻空虚，缺少保护自己的能力和资源，不知如何才能在蠢蠢欲动的敌意中熬到天亮。隔三岔五，学校便会接到有人晚上要来打群架的消息。年轻教师晚饭后巡视校园，但当务之急似乎是为他们自己壮胆。他们成群结队，骑着打开了远光灯的摩托车，一辆接一辆，在操场跑道上兜圈子。雪亮的灯光和发动机轰鸣制造出夸张的喧哗和虚幻的安全感，上晚自习的学生埋头读书，大气都不敢出。

对于殴打甚至公开羞辱弱者，当时的学生已经见惯不惊。大有觉得大多数人正是此时学会了避免直视生活。他们怕遭池鱼之殃，于是勉力逃避自己的道德困境。特别是目睹熟人被欺负，你无力也不敢出面帮助他/她，由此带来的心理压力足以让人变成但求明哲保身的孤立个体，反过来，这种孤立的个体又特别容易受欺负。一个以分散和对任何形式的暴力忍气吞声为特征的庞大的弱者群体，就是在这样的循环中形成的。只是当时大有他们懵懂不知，唯有想办法将自己的遭遇合理化。怯懦，这个词形容的是暴力泛滥的环境中个体心理扭曲的整体后果。但那些遭暴力

125

长期压抑的人性，总有一天要寻找伸张自己的机会，并在这个过程中被扭曲到另一个极端。年轻人的行为模式像钟摆一样，在怯懦和残暴之间荡来荡去。到 1990 年代末，大有频频听说差不多同龄的熟人（或熟人的熟人）成了暴力犯罪的主角。以今天的眼光看，那些罪案令人印象最为深刻的地方，首先是施害者如此年轻，其次是案情无一例外地充斥着无必要的残忍。一念之仁就那样消失在恐惧、屈辱和欺凌他人带来的报复性快感之中。

在恐惧和屈辱之外，大有在精神上为自己建造的篱笆带来些微安全感，尽管一开始还不太能令人确信，但这个逐渐现出雏形的内在世界显然和动荡危险的外部世界有着重大分别。这令大有体会到微微感动和喜悦，吸引他进一步将自己从人群中隔离出来，继续向内寻求不依赖他人反馈的个人世界，方式包括阅读和写作，但主要是幻想，因为和取之不尽的幻想相比，绝大多数人（包括大有）无书可读。大有渐渐相信，如果他愿意，写作可以将某些不存在的事物——完全的放松，深深的平静，自足，甚至爱慕——转化为现实，尽管那是用符号构建的、因而是次一等的现实。

大有伯伯送给大有一些四开浅灰色的草稿纸。这种纸其实是报社编辑用来画版的版样，一面空白，另一面印满小圆圈，每个圆圈代表一个字在报纸上的占位。传统编辑作业时，会根据准备刊登的文章篇幅，用一把尺子和一支铅笔，在版面上画出排版效果：标题、分栏、留白和图位。大有于是用这些版样办了一张报纸。晚自习前，其他人朗读或背诵课文，大有趴在第一排课桌上，在版样空白一面画出栏线，再用文字填满线内的空间——有报头、卷数和期数，有短文也有连载小说。新闻无学，字体、字号、转版和补白这类编辑技术，初中二年级学生即可通过摸索轻松掌握。多年后大有曾在报纸热线部做实习生，很快认识到这份工作与学历毫无关系。只要头脑正常，能与人交流，掌握基本写作技巧，高中生能胜任与报纸相关的大多数岗位。历史上许多小报巨头教育水平不高，不妨碍他们向成千上万读者——大多数同样教育水平不高——销售报纸，也不妨碍报纸对人类想象现实的方式产生巨大影响。报纸当然创造过另一些事物，一些需要复杂头脑、系统和彻底的思考才能创造和领会的事物，报纸甚至参与创造了一些能带来极其微妙审美经验的事物，从而展示了人性及其发展的丰富与复杂。但这些毕竟不是报纸的主要目标。不是说这些事物不够重要，而是说，创造这些事物有赖另一种热情，以及更加复杂的情境和互动模式。这类工作取决于少数人的能力，而非大多数人平均水平的工作。后者可以无师自通，前者则需要特定天赋或经系统学习才能掌握要领。两者之间的区别虽然紧要，很多人在年轻的时候并不了解，因此造成许多无谓的痛苦。

大有的报纸读者和编者同为一人。大有为它作文，为它插画、写启事。这些工作费去大有很多时间，但阅读快感似乎不是重点所在。毕竟，作为读者，大有在这张报纸上读不到任何他不知道的东西。报纸内容无关紧要，需要考虑的主要是物质/视觉形式，以及在此形式框架中用文字和图像进行叙事的方式。只要接触到某种纸张，就忍不住想象文字和图像呈现在上面的各种效果，似乎是大有与生俱来的倾向。空白的报纸版样契合这种倾向，提供了宣泄热情和缓解孤独的渠道，偶尔还带来些极限体验。如今要讲述这种体验颇不容易，因为大有不再像以前那么不合群。当然孤独的人偶尔也会经历炸裂般的快乐，但他们只微微一笑，并不把心事说出来。大有因此想，有过这种经历的人最终会习惯孤独，最后不可避免要对孤独上瘾。也是在这种情况下，大有第一次感到时间紧迫：要做的事情太多，自己分身乏术。分身乏术一词显然并非虚指，毕竟还有另一个大有在争夺时间。那个大有聪明、听话，尽管偏科，还算是成绩优秀的好学生。

如果不是两种人格之间的竞争与平衡，大有后来的人生可能会是另一番景象。一旦热情和孤独同时有了着落，便会形成追求自我满足的强烈动机和路径依赖。在缺少反馈的情况下，这种心理机制偶尔造就深刻的才学，更常见的是令人陷入自我陶醉和自我迷恋——在乐观情形下，陶醉使人自大，在悲观情形下，迷恋导致自怜。两者都会导致人格缺陷。有数不清的神话和寓言讽刺过度自我认同这种致瘾的欲望及其畸形的满足模式。根据成因和后果，这种人格缺陷又可以分成两种类型，与古代希腊神话中纳西索斯和皮格马利翁的故事正相对应。皮格马利翁爱上了自己的作品（一尊雕像），俊美的纳西索斯则被许多女神爱慕。他们内心的渴望注定不能满足，但又无法克制追求的激情——这就是悲剧的起源。皮格马利翁并非不懂得，爱情

129

只能发生在相同生命形式的不同个体之间，他对雕像的激情实际上是一种无力自拔的自恋。这个故事有个可疑但俗套的结局：皮格马利翁的痴情感动诸神，后者赋予雕像生命，让他们生活在一起。这大概是一切假凤虚凰故事的终极版本。但在古希腊神话中，皮格马利翁的结局纯属意外，因为诸神通常很残忍，纳西索斯的命运便是一例。根据一则预言，纳西索斯不被允许了解镜像的性质，因此无法获得构建自我所需要的外部视角和审视距离，他拒绝所有爱慕者的追求，唯独爱上自己的倒影，求欢时溺水身亡。

希腊神话习惯把命运与渴望、嫉妒、愤怒、悲伤等少数几种情感联系在一起，纳西索斯和皮格马利翁的故事把自恋提升到这些基本情感之列。人类情感的共同特点是盲目，特别是相对于神而言（尽管希腊神话中的神也并非全知全能）。不管是英雄人物还是半神（他们通常是诸神与人类所生的后代），都在命运的陷阱里坐井观天却不自知，就算他们有自知之明，也无力与导致不幸的强烈情感抗衡。

普通人没有英雄或半神那样强烈的欲望，但显然也是命运的囚徒。他们的情感可能不够炽烈，却可以很持久。茨威格为法国国王路易十四的王后玛丽作传，有句常被引用的名言："那时候她还年轻，不知道所有命运的馈赠，都暗自标好了价码。"命运对玛丽王后这类人的惩罚，就像诸神惩罚纳西索斯，残酷但迅捷，对普通人就变成抵押贷款，需要分期偿还。大有亲见和听闻过不少文艺爱好者的故事：与一首诗、一本小说或一首曲子的偶然相遇如何决定他们此后的生活。这些人在向社会边缘滑落的过程中，无不是忽而自大，忽而自怜，看上去孤独又可笑。文艺爱好者的生活欢欣少，而且越来越少，烦忧却越来越多，如果他们误以为自己有独特的才能，当然是如此，就算他们只想做个解释者或记录者，也并不容易。大有与一胖一瘦两位朋友一起等红灯，瘦朋友佩服张爱玲的才情，趁此时机讲起张爱玲善喻：据说张（其实是张的朋友炎樱）形容人头发黑，不说"夜一样黑"，而说"那种黑是盲人的黑"。瘦朋友正要就此发表见解，绿灯亮了，胖朋友一步抢出去，似乎再多听一个字，就要原地爆炸。普通人对沉迷于某种符号的同类，就是这样避之唯恐不及。但从另一方面来讲，那不正是大有（至少是某一个大有）要追求的目标吗？

七

　　春天、夏天和秋天随雨水来到赤土，看不见的寒潮与暖流汇集在高空，形成云，带来各色降雨。冬末春初人们习惯的蒙蒙细雨（赤土话称之为"濛丝"），在灰色的空气中，一会儿可见，一会儿不可见。这种细雨在万物表面留下数不清水滴，又小又轻，在水牛身上甚至睫毛上长久保持着它们的形状。陶潜描写这时节柴桑的云和雨说：

> 霭霭停云，
>
> 蒙蒙时雨。
>
> 八表同昏，
>
> 平路伊阻。

又说：

> 停云霭霭，
> 时雨蒙蒙。
> 八表同昏，
> 平陆成江。

柴桑气候风物与赤土接近。大有与诗中的时代相去一千五百多年，却坚信自己看到农民的生活方式与陶潜所见相去不会太远。陶潜说这些诗是怀人之作（"停云，思亲友也"），看内容"心情微近中年"。逯钦立认为《停云》作于陶潜四十岁时，因为与另外两首诗（《时运》和《荣木》）体裁风格均接近，而《荣木》诗前短序说"荣木，念将老也。日月推迁，已复九夏。总角闻道，白首无成"，诗中又有"四十无闻，斯不足畏"的字句，可推知陶潜人到中年，牢骚很大。这些大有并不关心，只说语言意义变迁比物质和生活方式变迁来得剧烈，停云（也包括流云和行云之类语词）在现今语言中不再活跃，要理解陶潜的世界，望文生义是难免的。而要论文字激发认知和情感时可能达到的深度，现代汉语还没有足够手段达到类似陶潜诗的效果。

赤土春天的云色彩丰富。银色、淡灰、灰、深灰、灰黑、黑，间以蓝色，间以……大有想，那正是一朵合欢花拥有的全部色彩：从花萼与花瓣相接处特有的青白，过渡到浅浅的粉，较深的粉和梦一般的绯红。用语言形容色彩不只难在语词本身，也难在同一语词在人们头脑里否能唤起类似想象。不同季节、不同高度的云气，在各种光线和湿度条件下，色彩变幻不定，要捕捉它们，最好有英国画家透纳或康斯坦布尔那样精湛的技艺。极少有写作者以状物著称。和绘画相比，语言过于依赖想象，而想象又过于依赖共识，也即共同生活经验。

合欢是小小的初级中学在大有记忆中的锚点。两棵大树生长在庭院中，叶片对生卵形，小小的，随枝条披拂下来。学校全部建筑坐北朝南，位于半山，可逐级而下，而庭院居中，是校园生活的核心。庭院两侧分别是实验室和食堂，北面靠山，山坡上是教师宿舍，朝南是两座教学楼，教学楼前便是操场。每天三次，学生们从教室或宿舍蜂拥到食堂打饭，吃过饭再到庭院中刷碗——实际上是一种带手柄的大金属大杯，外加一把铝制或不锈钢制大勺子。梅雨季节到来，既像丝绒又像水母的合欢花从枝头盘旋而下，日夜不停地飘落在庭院中所有事物上：掺了细煤渣的地面、黄色耐火砖墙、石条台阶、镀锌自来水管、铜水龙头和水泥上长了青苔的水槽，还有两只盛满剩饭菜的大桶（大有不记得它们的质地。塑料，金属还是木头？）。合欢花淡淡的铁锈味，混合大桶里散发出来的馊味，与无懈可击的柔美花形大异其趣。

合欢一旦开放，雨便渐渐大起来，将原野和村庄笼罩在其中。不断移动的灰白色水幕仍是无声的，然而可以在一切低洼之处蓄水，包括农人的衣服褶皱，翻折起来的裤管和长筒雨靴。衣物紧紧贴着人的身体，寒意透过雨具、衣物和皮肤，一直渗透进肌肉、血管和骨头，只有四肢是热的，因为需要跟随牛拉犁耙或拖拉机发动机输出的动能。那个年代农民摄入的能量大多来自植物淀粉分解而成的糖分，常常一整天饥肠辘辘。

春季结束前，即将带来洪水的深灰黑色云团汇聚在地平线，低垂的云脚擦着山头，弄得一整天都像是黎明或黄昏。这些云不断碰撞，巨大的声响在丘陵盆地滚过来滚过去，落下来的雨滴巨大无比。植物在这种躁动气氛中都提气忍耐，在雨的锻击下尽可能垂低枝条，有时连续几小时没有喘息和反弹的机会。水漫过河流两岸，流入田畴，填满一切空虚之处，水位还是不断上涨，直到雨稍停时世界澄平如镜，从地上可以看到天空。

站在宽阔的屋檐下看这种雨，对人是一种折磨，因为这雨和人并不在一个尺度上。雨依照自己的尺度反馈世界，视人如无物。

忽然有一天，雨下完了。地上的水开始向天上消退。四周亮了起来，云升入较高的空中，匆忙向四面八方散开。爬升较快的云呈现出轻盈白色，比较滞重的灰色云朵浓淡深浅不一，带一圈明亮的金边。太阳忽隐忽现，散射光让人睁不开眼。这便是梅雨结束时的光景，空气散发着陈年稻草沤烂后散发的霉味，与夏季午后两点的暴雨带来的气息完全不同。后者充斥着豆腥，就像放学后教室里洒了水的水泥地面，那种气味主要来自尘土而不是植物。遇到这样的暴雨，人的第一反应是四下奔逃，如同集市上挤挤挨挨的良民迎面碰上骑马的匪徒杀来，脑子没有转过弯，腿已经跑出去五十多米——等到发现深陷雨阵，便知跑也无

136

益。成年人都是缩着脖子，弯腰低头朝前走，好像有个终点在等着他们。大有那样的年轻人则在雨里欢呼、雀跃、脱下上衣在手中挥舞，直到被雨淋得睁不开眼，摔倒在路上，爬起来，又摔倒在路上，索性傻子似的，站在雨里不动。穿过水帘，远远的地方似乎有人在宣读终审判决，那声音充塞天地，无所不在，又听不清一分一毫。

秋天的雨是怎样的冷，是怎样一次比一次冷，想必你们都有所体会。秋天的雨让大有眼中一切褪色。到了冬天，远近山头变成棕色，那是松针饱吸水分又彻底干燥后特有的色彩，将保持很久。

赤土的冬天有一种萧索的美。雨水远离这里，有一阵子，风也远离了这里。一切安安静静，懒洋洋无话可说。猫在围墙上、椅子上、铺了稻草或旧衣物的篮子里睡觉。狗在院子里进出了两回，神态木然，过一会儿也找个理由趴着去了。鸭子从秋天就在水边瞌睡至今。只有鸡没有季节感，整天在竹林和田地里左看看，右看看，挑选、寻觅，挑选、寻觅，不知疲倦。

到了五点，太阳渐渐落入赤土西侧的群山，原野和冈上还沐浴着夕阳余晖，半山腰已经麻麻黑。山脊线与天空融合处，色彩逐渐变暗变深，温暖的红黄色系向冷清的蓝绿色系过渡，但整个过程并没有任何界限被克服。一切只是涣散和转化。以太阳沉落之处为中心，四射的光线距离中心越远，便率先脱离维系光线之为物质的同一性和连续性，并与其他事物融合。那些构成光的可分物，物理学上称之为光子的东西，当它们在时间中旅行得足够远，由此摆脱了其他光子的引力，并从光线中分离出来，它们将以何种方式存在？它们还是光吗？它们会转化成其他形态吗？它们会变暗吗？它们能不能再次被看到？地球旋转着将赤土带离太阳照射的范围。大有感到冷，皮肤收紧，肌肉僵硬，似乎心脏也缩小一圈。

寒冷有双重含义，一种是随黑暗而来的降温，另一种是随黑暗而来的恐惧。两者导致的生理反应大抵相同。大有微微打寒噤，脖子缩在领子后，总低着头。他长得很慢，也像所有青春期男孩子一样，脖子、身体和四肢比例失调，尤其是胳膊，特别长，有些年所有衣服袖子都短一截，腕关节上一块皮肤常常裸露着。有些年则是裤子短一截，踝关节暴露在外。这两处关节总是特别冷。然后是膝盖和肘关节，像缺少润滑的机械部件，运动时几乎能听到身体内部发出吱吱嘎嘎的摩擦声。脚趾和手指整日木然无感，除非走了远路，否则要到夜深全身睡暖后，才能意识到这些肢体末端存在。

走在冬天傍晚，看不见的冷风吹过头皮，眼前的路变得没完没了，出乎意料的是，脚心和胳肢窝竟然会因为冷出汗。耳朵和脚趾生冻疮的地方又硬又痒——但真正痒得厉害，也要等到身体暖过来，组织恢复弹性之后。有些孩子手上生冻疮，皮肤肿胀，变红变黑。如果冻疮不幸破裂，伤口久不能愈，创面边缘皮肤慢慢向内卷曲收缩，边缘部分便长出一道黑色硬痂，像极了埃及法老雕像眼眶周围那一圈细细黑色的眼线。硬痂痒，但不能触摸，裂口整个冬天一直向肌肉深处延伸。在那些被称作小阳春的温暖冬日，因为没有风，正午时阳光晒得穿不住棉袄，村子里年轻的母亲都在准备热水，要给孩子洗澡，冻疮的伤口这时开始愈合，除了痛，还痒。痒得如同梦魇。

然而这样的日子像是错觉——从某个晴暖的午后开始，天阴下来，淡淡的灰色云层层堆叠，渐渐垂悬在旷野上空。傍晚时起风。一整夜风呼啸不止，枯叶在屋顶上滚来滚去，却不把它们吹落到地上。屋顶铺了半筒状灰色小瓦。一路朝上，仰架在两根椽子中间，另一路朝下，俯扣在椽子上，两路交替，从屋脊依次摆放到檐口。朝上一路形成水槽，朝下那路扣住水槽两侧翘起的瓦沿。水槽凌空蹈虚，单瓦首尾相衔，形如鱼鳞，取其轻盈，另一路则以数块瓦片码成一摞，一摞接一摞靠在一起，压住椽子，取其沉重。屋顶就是这样，非轻不足以挑高，非重不能够抗风。尽管如此，北风还是会一直吹进梦里。树在摇摆中发出细微的声音，它们脱水的枝干也像孩子们的皮肉一样，被看不见的裂缝侵入到组织深处。一整夜人们都睡得不踏实。

后来大有离开家，住进学生宿舍，在木架高低床上听见风在空中一会儿分开，一会儿重组，总感到说不出的孤单。每间宿舍摆五张床，上下共十个铺，最多可容纳二十个十二岁至十五岁不等的孩子。同班学生通常同宿舍，男女各一。初中共三个年级，每个年级三个班，算起来有九乘二共十八间一模一样的宿舍。不知为什么，大有总觉得实际数量没有那么多。每个孩子应该各带两床被子（一床垫被和一床盖被），但有些孩子只带一床，对折后垫一半盖一半（他们像是睡在一侧开口的睡袋里，整晚不能抬腿或翻身）。每个住校生的财产计有：被子二（或一），盆二，毛巾二，热水瓶一。此外，每人必备一玻璃瓶咸菜。热水很少，没有浴室，周末回家才能洗澡。如果弄湿鞋子或衣服，多数人的做法是穿在身上焐干。那种环境中最令人痛苦的是不能避免感染疥癣。这是一种冬天高发的皮肤传染病，和冻疮一样，暖和的时候非常、非常、非常痒。每个孩子的大腿都抓得血迹斑斑。春天疥癣会自行消失，但伤口自愈前，特别是空气刚刚变得温暖湿润的早春季节，体育课上剧烈运动之后，奇痒令人窒息。

关于初中住校生活，大有有些吃惊自己竟能想起如此多细节——也许比高中和大学宿舍留给大有的记忆加起来还要多出几倍。后者用两个字就可以概括：厌恶，但前者却包含许多复杂的情感：困惑、畏惧、欣喜，以及无法言状的一切。

某年清明节早晨，空气冷清，大有拉开宿舍门，发现薄薄的一层雪覆盖着校园。这场雪下得太晚而且全无预兆，令人称奇。在赤土，雪通常意味着漫长的物理过程和心理过程，从突然转阴的下午开始，伴随着不断增强的风声，剧烈的降温，以及摇曳不定的心情，有时候还有摇曳不定的烛光。教室熄灯后，住校生如果想多读一会儿书，也会点起一根白色细蜡烛。这些蜡烛主要是为停电准备的，平时放在翻盖式课桌的桌肚里，与卷了角的书本与练习册放在一起。所有印刷品最后都沾上了淡淡的石蜡气味。大有熟悉这种气味，就像熟悉蜡烛油沁入纸纤维后滑腻的手感，以及劣质火柴和火柴皮摩擦时，随烟雾突然腾起的呛人气息。

下雪前的夜里，门窗紧闭的教室里暖烘烘的，学生呼出的水汽在窗户玻璃内侧留下许多细小水珠和一道道冷凝水流过的痕迹，红磷燃烧的气味显得更加突出，但接着是燃烧木头的香味，令人沉醉。如果此时有人点起蜡烛，也许纯粹是为了强化温暖的气氛。教室里称得上静谧，几道烛光分散在不同角落，被各自的黑暗包裹，彼此似乎有联系，又淡淡的，若有若无，绝无任何可靠的承诺。要完全了解大有那样十三四岁便离开家但过着集体生活的孩子是不可能的，即使大有自己也不例外。脱离父母日常监护的男孩和女孩情感丰富，敏感到近乎伤感的程度（无一例外），但真情流露的时刻一闪即逝。物质、信息和娱乐匮乏的环境，也许强化了他们性格中多愁善感的倾向，但要想在那样的环境中生存下去，就必须把这种倾向隐藏起来——
但下雪是例外。

　　说起来那也是大有父亲的母校。大有父亲有位同学是
校长儿子，在学校里管实验室，还有位同学是营业员，在
学校对面供销社站柜台。供销社营业员有一男一女两个孩
子，男孩正好和大有是同学，一个寡言白净的家伙，脑袋
很大。大有一认识他，就对他伪装成镇静的内向极感兴趣，
只是那时他们太小，没有深入了解彼此的机会。多年后，
他成了县医院神经内科医生，帮了大有父亲很多忙——尽管
大有年少时错过的一切无论如何是找不回来了。

　　初中实验室管理员、乡供销社营业员、父亲：大有无
论如何不能在他们之间画一条时间的连接符，更不要说等
号。当时大有觉得他们来自三个世界，前两个世界是后一
个世界的尽头。

　　大有父亲上初中时，校舍还没有盖好，最重要的课业
是挑砖盖房子，因此每天都很饿。大有在父亲挑砖建起的
教室里上课，在他挑砖盖成的宿舍里睡觉，走在他挑砖铺
好的水泥台阶上，有时候还会翻过他挑砖砌成的围墙。大

有读初中时又矮又瘦，总坐教室第一排，但照父亲后来的身材推算，他在此上学时一定比大有还要矮，还要瘦。挑砖，一般是拖拉机把砖拉到工地，司机用活动砖夹夹起四块或六块，放在一只竹畚箕里。两人运一只畚箕谓之抬，一人运一只畚箕谓之拎（赤土话说 gē，意为"拿"），一人运两只畚箕才叫挑。凡是挑，都很累人。大有挑过水，挑过菜（特别是冬天的白萝卜），挑过秧苗，挑过粪（将稻草扎成把，一节节首尾相连地摆放在地上，如同草龙，家禽家畜的粪便发酵后掺进草木灰和浮土，堆在草龙上，点火闷烧。这也是一种处理生活垃圾的方法。过火后的混合物是很好的肥料。赤土话中的"粪"，主要便是指这种土肥。大有家庭院整洁，很大程度上是因为祖父善于也勤于烧粪），几趟下来，便觉得腰背肌肉麻木（赤土话说这些地方"就像不是自己的"）。大有不能想象父亲少年时从事这样的重体力劳动还能身心完整。实际上，四十年后，大有父亲被确诊为原发性心衰，主治医生是上海著名的科普作家，对大有解释说，所谓原发性在这里是原因不明的意思。总之，为了向肌体供血供氧，大有父亲的心脏肌肉变得厚而坚韧，这个过程造成了不可逆的损伤。

大有父亲的学校在大有和妹妹毕业后已经重建，父亲挑来的砖头（窑温低，硬度不足）如今大约不在其中，但1990年代初，大有每天都在跟这些砖头密切互动。大有在父亲挑砖垒就的水池里接水，在这些砖盖成的食堂窗口打饭——食堂窗口太狭窄，中午排队的人多，年纪大一点的学生公然插队，排在后面的学生怕吃不上饭，便一哄而上，蜂拥在窗口。僵持中常常有一把长柄勺子从窗口伸出来，不分青红皂白朝学生头上乱打一气。

晚自习结束、教室熄灯后，大有还要去班主任家里读一会儿书。班主任住在两间一套的教师宿舍里。在外间的灯光下，大有闻到里间传来一阵苹果清香——没什么比冬天苹果的气息更符合清香这个词字面上的意义了。凉飕飕的空气中温暖的香气，让大有意识到生活中有些事物的存在无须以可见的功能为前提。它们的存在必定有其理由，但那理由到底是什么，是大有无法说清的。这些事物不可能用必需或非必需来界定。苹果和苹果的香气属于两种完全不同的东西，前者是食物，可以补充宝贵的维生素，后者磨砺人的感知，使其变得敏感、丰富而深沉。什么对人而言是必需的，什么对人而言又是非必需的呢？苹果香气很大程度上是一种抽象之物，必须用符号才能传递它的存在，而符号的意义——譬如何谓"清香"——取决于共识。大有沉浸在似有还无的气息和思绪中，从没有想过构成眼前两间房子的砖头，说不定有几块是从他父亲瘦弱的肩膀上卸下来的。

大有父亲读到初中二年级，需要一本《新华字典》。大有祖父不肯买，父亲就赌气辍学了。这当然不是他学习生涯的终点。通过自学或"文革"时期为农民办的短训班，大有父亲掌握许多知识技能。他完全可以当会计、电工甚至是赤脚医生，但到头来一直在种田。他会烧电焊、修电机、开拖拉机、种蘑菇、培育杂交水稻，甚至用一根竹签加上细铁丝做成圈套逮兔子，但他并没有成为焊工、修理工、拖拉机手、蘑菇种植户、农技员或猎人，所有这些可以称为专业（至少是副业）能够带来现金收入的工作，在1990年代之前，都和大有父亲无缘。为什么父亲没有成为学校实验室管理员或供销社营业员呢？大有觉得他们看上去比父亲活得轻松，但父亲看上去比他们更聪明——在竞争性考试养成的偏执中，大有以为最大的不公是一个人得到的回报与他的智力水平不匹配。许多年后，大有才能意识到，人类生存处境的差异并非源自他们有限的智力差异。与普通人生存处境关系更密切的是一些被称为外部因素的事物：家庭、宗族、村庄、国家，风俗、惯例、法律，机会平等、流动性与政治参与，等等。这些事物介于符号与实体之间，与抽象而非可见的事实关联更深。21世纪的前二十年里，这些抽象之物的运作，最终使乡村中职业身份之间的差异大大贬值，人们被命运扼住咽喉的窒息感才略微有所松弛。

大有祖父预言大有会成为教师，因为大有小时候话多，让大人深以为苦，祖父从这种反常现象中看到大有日后以说话为业的可能。大有一度觉得教师是个不错的职业，直到初中二年级目睹老师和后排同学发生冲突，立刻打消了这个念头。冲突当然是老师挑起的，学生习惯性选择隐忍，后来言语和肢体动作渐渐升级，学生开始回嘴，两人终于打成一团，发展到老师逃出教室，学生在背后紧追不舍。教室里骚动起来，靠窗的学生趴在窗户玻璃上，幸灾乐祸地观望事态发展。大有坐着不动，心里失望到极点。

人很难恰如其分地区分事态的原因和后果。留在大有印象中的老师们似乎大多三十岁上下，毕业于省内各高等师范专科学校。大有读研究生时，与一位年长几岁的乡村教师成了同学，大有根据年龄而非入学时间称他师兄，以示尊重。师兄其貌不扬，对不如意的事，有惊人的镇定，似乎早就料到并做了最坏准备。大有可惜师兄有趣和富有同情心的灵魂很少为人所知，因为和长相不同，人性的深度极难探测，且师兄善于表演，把庸人和俗人形象演得惟妙惟肖。至于他为什么这样做，大有相信有非如此不可的理由。当然，所谓非如此不可，也可能是自我实现的预言。

任何自称破解了命运难题的学说，无论立论基础是星相还是科学，都不得不简化情势，把事态间错综复杂的关联归结为少数变量的互动模式，试图测定或解释其中因果。师兄也是此道中人。他们分别几年后，大有为师兄写过一篇文章：

师兄研究命相之学，前来请教的师妹和师姐络绎于途。她们的问题各不相同，但师兄的解脱之道完全一样，他教授的人生观，可以总结如下：人的生命正如一根蜡烛，只是一隅之明，种种不测却像四面有风阵阵吹来，随时可能将蜡烛吹灭；但正如你所见，烛火对风是完全无能为力的，要想不被风吹灭，唯一的出路是时刻保持火力旺盛——让我们的情感、理智、能力和信心保持在最佳状态，一点不能有闪失。

经历了躁动不安的80年代，整个90年代，师兄走在农村包围城市的路上，想尽办法，一点点把自己从偏远山区调动到丘陵地带，并在世纪末调进县城附近的郊区中学。21世纪初，他作为老光棍考上研究生，完成关键的人生转变，后来进入东部沿海地区的大学任教。我这个年纪的人很难想象这条路的坎坷程度。因为脆弱，所以要时刻保持强大，师兄从亲身经历中总结出的人生观，从悲观主义上升到超人主义，才能有心灵鸡汤——说鸡血其实更贴切——的效果。

但我觉得，要得出师兄的结论，倒也不必去推演易经——更不要说什么面相手相之术了。我们在中学时代学过老舍的《骆驼祥子》，熟悉那种稍一懈怠，就会（从人性和社会两个层面）坠入无底深渊的境遇。我们都在农村生活过，观察那里的经济状况就可以知道，除了阶段性崩溃和短暂的休养生息，中国的农业经济始终保持着脆弱的状态。这种情形已经持续了几千年。

师兄尽管不是农民，却受制于农村的生活，尤其在90年代初期，他的工资由乡政府发放的时候。经济学家看待工业化之前的农业，着眼于人口产出与粮食产出的关系，术语称作"马尔萨斯陷阱"。道格拉斯·诺斯是新制度主义经济学的创始人、诺贝尔经济学奖得主，他觉得，西方的崛起意味着制度终于调适到了某种状态：在这种状态下，更少土地可以养活更多人口。17世纪，荷兰率先做到这一点，随后是英国，它们凭借的是商业和工业革命。毫不奇怪，这两个国家都有人多地少的问题，而土地较多的法国和西班牙，因为动力不足，摆脱"马尔萨斯陷阱"的时间竟然晚了两个世纪。

只要这种"没有发展的增长"不改变（且不说零增长和倒退在历史上其实更常见），不管师兄多么强调自己是超人，也有绷不住的一天。实际上，在法国和西班牙逃离"马尔萨斯陷阱"之后又过了两个世纪，且承受了历史上空前绝后的生育管制（当然人口学家会辩驳说，工业化才是最好的避孕药，中国的生育率下降曲线和资本积累上升曲线因此变成了类似鸡生蛋还是蛋生鸡的谜题），中国才看到解决这个问题的希望。照诺斯的说法，造成这种局面，人口本身其实不是问题，问题还是出在制度上。

　　我曾在社会学系读书，用费孝通的《江村经济》作教科书。这本书又名《中国农民的生活》，写于1938年，我读到时成书已经60年。读下来心情很黯然，觉得我所知的农民生活和60年前太湖平原上农民的生活相比，只会更辛苦。湖北曾有位乡镇官员给中央政府写过一封信，描述了一幅非常悲惨的农村景象，并且总结说：农村真穷，农民真苦，农业真危险。如果和费孝通的著作做比较，这封信没什么学术价值，但很有道德感染力。而从诺斯的角度看，中国农民的悲惨境地乃是因为遭到了某种剥夺（官方文件称之为"剪刀差"），且不能通过转移到生产效率较高的部门得到补偿，因为制度不允许人口自由流动，还抑制创造性劳动。这不是改善官员道德品质可以解决的问题。

《中国农民的生活》其实是费孝通的博士论文，因此写这本书时他还很年轻。在该书结尾部分，费孝通表达了自己热切的感情，希望国家能够强大起来，以便造就一个统一的市场，农民进入城市和工业部门，以早日摆脱岌岌可危的贫困生活。这种感情在中国知识分子当中是很常见的。从好的方面说，他们的道德感受和农民联系得很紧密。从坏的方面说，知识分子有时会缘木求鱼，简单地寄希望于国家一劳永逸地解决中国农民的生存危机。师兄不会这样天真，整个90年代，一个噩梦始终追随着师兄，那就是他随时可能重新沦为农民：一段婚姻，一次教学事故，都可能中止他艰苦的进城之路。这种恐惧正是那套心灵鸡血命相学的来由吧？

大有向我出示了这篇文章，其中虽提到工业革命和商业革命，但大有对技术进步和市场在提高生产率方面的作用，显然缺少切身体验，因此唯一的重点放在国家与个体的关系，特别是维系着国家和个体关系的身份制度上。在大有师兄的故事中，农民／非农民是两个看上去对立但又彼此支撑，并且包含着转化可能的范畴。1990年代，两个范畴之间的对立松动释放出生产力和意义感，导致社会流动增加，但也给师兄这样位于二元结构边缘的人口带来强烈的不确定感。

大有回顾历史，觉得收缩中的国家有点像动画片《幽灵公主》中战败的野猪，被怨念缠绕，毫无目的地消耗自身，绝望地试图维系身份与合法性。这种怨念在电影里被物化为数不清类似红色大蚂蟥的虫子。它们啃噬宿主，驱使它们从有尊严的失败者变成毫无原则的破坏之神。野猪穿过森林进入村庄，沿路播撒死亡，红色虫子不断脱落，所及之处草木凋萎。这就是师兄的处境。像他这样的乡村教师被排除在财政支出结构之外，学校必须直接汲取学校周边农业社会的产出，才能维系自己的生存。1990年代末，那些从国家身上脱落的公共机构，靠着农民向国家缴纳地租（公粮）的同时缴纳的税收（国税、地方税，以及用于教育、电力、水利等领域的专项附加税）和名目繁多的提留苟延残喘。提留是一种没有明确授权的人头税或土地税，主要用于维持基层政权日常运作。在现金收入极端缺乏的那些年里，非农人口和农民在现金收入上的拉锯十分激烈，如同虾夷村民目睹充满怨恨的野猪横冲直撞。

大有师兄决心通过考研究生进入财政资源分配的相对上游。这花去了他好几年时间，并且在某种程度上将他塑造成一个不同的人。最终师兄在"9·11事件"发生当天重返大学，而大有因为某些原因，几天后在新闻系同学宿舍里看到当周报纸，方知一夜之间世界已经巨变。这一年11月，中国加入世界贸易组织。读书时，大有和师兄经常议论这两件互相关联的事件，以及它们发生关联的方式与后果。但要在观念中把握如此规模的历史，超出大有和师兄的能力和经验。他们偶尔会沿江堤游荡夜谈，江堤一边是人工照明下不大不小的城市，另一边是无边无际的黑。灰黄的江水打着转，从两种夜色之间流过，要把握其方位和流速，何其困难。

八

过年从腊月二十四开始，持续到正月十五才算结束，实际到正月初七便极其无聊，除了几户路远亲戚没有走动，接下来尽是无所事事的日子。如果是晴天，无人的田野一整天没有任何变化。天空、道路、河流、土地和土地上的一切事物，像是被施了魔法般陷入静止。昏昏欲睡的寂静中，鸶或鹞子在天上巡视立春前后的赤土，偶尔振翅，但多数时间只是伸开翅膀滑翔。这些凶猛的食肉鸟类在冻结的蓝色天空中一圈圈做着繁复的向心运动，就像一群头朝下的速滑运动员，倒悬在冰面上，凭梦游般的惯性长时间滑行。

视线向下移到田野，才能打破这数字生成图像式的虚假气氛：鸡似乎是唯一不受节日催眠气氛影响的家养活物。

头年稻茬里生着三四寸深的苜蓿，黄鸡、黑鸡和芦花鸡（偶尔还有乌骨鸡）在其中啄来啄去，一整天乐此不疲。几小时后，一只鹞子决定收拢翅尖向下俯冲，鸡群便轰然一散，例行地发出咯咯惊叫，声音传得极远。大多数时候有惊无险。就算鹞子抓住鸡，也很难带走。经过整个冬天散养，逃过年夜饭的鸡对小猛禽而言，都太肥太重了。

傍晚有人去菜园收萝卜或卷心菜（灰蓝色冰壶状的卷心菜，在赤土被称作"灰叶包"），世界略微有些变化。但到这个时节，萝卜也不好吃，它们本来饱满而汁水丰富的块根表面还是圆形或椭圆形，拿在手上便知分量不对，切开后可看出纤维老化且已经空心。这是萝卜要开花的征兆。旁边地畦里，油菜紫色宽大的叶片中心试探般伸出一枝粗壮绿茎，顶部已生出密集的苞蕾，似乎再多一天晴暖天气，菜心就会像点燃烟花，"砰"一声爆出数不清的花朵。

一旦红菜薹端上餐桌，迟钝如青春期的男孩子也知道春天已经到来。正月晴暖的前半段过后，天开始下雨，直到农历二月，雨天断断续续要持续很久。有时候大有走在雨中，感到寒意随着雨丝落在黑色尼龙伞面上，既不流淌，也不消失，而是粘在那里，不断积累。伞和伞下的空间都变得又湿又重又冷，寒意顺手指和脚趾向手和脚传导，孩子们细瘦的指关节像用过的黄色肥皂一样变得滑腻苍白，然后寒意沿受潮扩张的皮肤（紧绷在凸起的指骨、掌骨、腕骨、桡骨和胫骨上），传导到小臂、小腿、肘关节、膝关节、上臂、大腿、肩关节和髋关节，直至肩胛、腰臀和腹部。所有寒冷最终要汇合在某一节脊骨上。要不是前胸因为一颗小小心脏轻柔但平稳的跳动得以保持温暖，雨中行走的孩子迟早要变成一块冰，一边融化一边重新凝结。他们的角膜因为寒冷而褪色，瞳孔收缩，眼白变大，眼睛呈现出半透明的灰色——透过这样的眼睛，世界也是半透明和灰色的，只有最早开放的几朵桃花除外。

桃花单独定义了一种颜色，并非偶然。它们的单瓣花朵在阳光下色彩平淡无奇，天空和云朵让它们显得比实际更微不足道，唯独在早春，在细雨中，从桃树弯曲枝干上伸出来细而嫩的枝条让人心软，它们的花朵唤起不可名状的感动，仿佛一切柔软、干燥而温暖的事物，且和正在孩子们冰凉的身体上轻轻跳动的心脏有同样节律。

室内光线暗淡。屋顶斜斜镶嵌着几块瓦片状的玻璃（"明瓦"），但光线似乎被玻璃上流淌不息的水流带走了。

于是大有和妹妹出了门，在屋檐下望着雨从空中落入屋脊，汇入瓦沟，在檐口突然坠落，形成不间断的水流，如同一排微缩瀑布。他们不耐烦地瞧着落叶乔木赤裸的灰黑色枝条伸入天空。悬铃木、苦楝、枫杨、板栗、泡桐，这些多年生树木经历许多次季节轮替，树身覆盖着干燥枯皱的树皮，树皮上处处是裂缝，嵌满整个冬天的灰尘和沙土。他们又收回目光，一面看水泥地上的积水，一面幻想干燥枯皱的树皮吸收水分后，细胞会慢慢恢复弹性并撑开表面，色泽随之转为黄绿。很难说清这类想象开始的具体时间。它们既非肉眼可见的情景，也不可能无中生有，只能来自自然纪录片中的微距延时镜头。大有和妹妹很晚才有机会接触这类呈现微观世界长时段变化的图像。1990 年代早期，不要说这类镜头，就是电视机，在赤土也还是稀缺之物。

村里第一台电视机出现在冈上，是电子媒介复活驱鬼传统的产物。那时候冈上人烟稀少，被竹林和杂树覆盖，林间到处是坟墓。男丁太多的人家不得不迁去村庄边缘地带，辟地建房。最早是雷家，然后是刘家和李家，最后才是汪家。四大家族至此移居完毕，村庄中心遂转移到冈上。

如今那里交通便利，已经很难想象当年在林间空地建房的凄凉景象。早期迁居伴随着一位成年男子的意外死亡，很长时间里，冈上都笼罩着无可言喻的气氛。

死者是刘家长子，他父亲和大有父亲是同母异父兄弟，大有叫死者大哥。刘家原来与大有家毗邻，共有兄妹五人，三男两女，大哥生前的样貌性格，大有忘得坚决而彻底，但他死亡的过程经过姊妹们（"姊妹"这个词在赤土方言中没有性别意义，是兄弟姐妹的统称）各种场景下无限多次讲述，每一个细节均牢固深植在大有的记忆里，甚至无法消除。大哥服毒的原因，从来没有搞清楚过，这加深了死亡留给大有的最初印象：伴随着痉挛和呕吐的剧烈痛苦，以及死亡带来的恐惧，一切都无可挽回，悔之晚矣。

人总是比他们在别人想象中更冲动，比他们在自己想象中更软弱，但村人并不把大哥的死归因为人的困境和危机，而是将他的死与被惊扰的鬼神世界联系在一起。李家有四个儿子，新房选址与刘家比邻而略低，两家屋后的毛竹不相区别，到了傍晚便一起来回摇摆，发出深长幽邈的声音，似乎是死者相招的呼唤。这声音侵入梦境，给定居点的新居民带来强烈不安。在一个带有总结性质的梦境中，出现了村里多年前服毒自杀的哑巴。李家的户主（也是大有的远房姑父）仿佛领略到其中暗示（说暗示绝不过分，因为哑巴即使在梦里也从不说话）：哑巴没有结过婚，当然没有后代，他的祭奠由兄弟们捎带着操持，怠慢是不可避免的。于是李家举行告祭仪式，表示愿意长期承担祭奠哑巴的责任，希望借此安抚死者的灵魂。整个事件中令人吃惊的并不是梦沟通了死者与生者的世界，从而发挥了文化整合作用，或者被抑制的道德评价（对哑巴亲属的责难）因此以曲折的方式表达出来，毕竟梦在大多数社会中都发挥类似的功能。真正令人吃惊的是人们对待启示的不同态度。考虑到哑巴和大哥都死于服毒自杀，而且大哥死在订婚之后、结婚之前，这个梦显然应该对刘家更有启发。刘家盖新房与大哥将要结婚有关；盖新房惊扰了死者；死者对这个幸运的男人怀有嫉妒和敌意；死者采取了行动——围绕着恶灵不满这个主题，上述逻辑在任何萨满文化保存较好的地方都不会被忽视，但事实是刘家无动于衷，而李家在祭祀与承诺没有达到预期效果后，买来一台电视机，期待能借此增加冈上的人气。

这场文化战争只可能肇端于李家第三个儿子（大有的

三表哥）的动议。三表哥是村里仅有的三个高中毕业生之一，如何安置他就成了难题：因为学历太高，从事农业生产似乎于理不合，家族决定送三表哥去县城学习修电器。相对于赤土明显冗余的文化和技术资本，结合聪明但经济不独立的年轻人经常采取的消费策略，以及必须在让人不安的鬼神世界里继续生活下去的紧迫压力，促使三表哥说服他父亲开风气之先，买了一台很小的黑白显像管电视机。电视机屏幕上蒙了一层透明彩色塑料纸，模拟出彩色显示器的效果，因此也降低了显示器的亮度和分辨率：这类改造依然只能出自动议者的手笔，但大有不知道是否适宜，由于亮度不足以及不真实的色彩，这台电视机总是在大有心里唤起（而不是消除）对恶灵的联想。然而，时间将证明孰是孰非。时日推迁，在记忆与感知的战争中，电视机取得了压倒性（虽然不是最后的）胜利。

电视机及其带来的长远后果，绝不是温和、羞涩、有着洁白牙齿和灿烂笑容（这些象征着他在村庄以外的生活经验）的三表哥所能预见和理解。那时候电视机已经不算罕见事物，但它出现在赤土，仍然决定性地削弱了夜晚和梦境的文化功能。人气可以通过看不见的电子信号传输，通过简单的鱼骨天线变成声音和画面，通过电视剧特别是《西游记》之类广受欢迎的连续剧得到积聚，结果是幽冥世界和道德恐吓机制退场。如果说村庄的去魅进程是从这台电视机开始的未免夸张，因为国家早已经将无神论作为官方意识形态加诸赤土，但是，直到1990年代中期，在看不见的心灵世界里，驱动世界运作的仍然是传统叙事——不仅是叙事主题和内容，还有叙事的媒介。唯物论和决定论的真理之光始终无法普照村庄生活的每一个角落，障碍之一是不稳定的电力供应（以及过高的电费），使国家无力真正打破乡村生活时间的二元结构。如今，三表哥将电视机以及一种混合媒介的叙事形态引入村庄，尽管这种叙事形态因为电压波动常常出现诡异的频闪，但仍然散发出无法抵抗的吸引力。在电视及其叙事形态的比较下，村里各种仪式活动的娱乐价值在舆论中的评价直线下降。丧仪、祭祀甚至婚礼之类仪式带来的身心体验，都建立在白昼和黑夜的绝对区分上。电视机的出现和快速普及，模糊并迅速淡化了这种二元视觉经验，进一步将作为对抗性叙事资源的"黑夜／不可见／幽暗"，贬抑为"白昼／可见／光明"无足轻重的附属之物，从而走出了漫长脱嵌过程中至关重要的一步。

　　人类对可见性的执着就像自寻烦恼。但看似徒劳之举因为长期得到认真对待和系统思考，最终成了文明的核心。如今，大多数人的感受力是视觉中心主义的，这是生物演化还是文化塑造的结果，可能永远讲不清楚。人类发明复杂的符号体系，发明人工照明，利用图像交流。所有复杂 /复合媒介的交流，都以（或默认归根结底要以）视觉为中心。视觉媒介创造了现代知识形态，创造了现代生产方式，现代社会日常生活中的每个方面都被纳入可见性的范畴。从这个意义上说，被电力革命加速的现代性，不就是建立在人工照明技术上吗？

　　大有父亲是村里的仪式专家，也越来越多地对传统仪式采取务实和漫不经心的态度。有些年，他对仪式的兴趣似乎完全被其中的声音效果所取代。大有不能理解甚至怨恨父亲对爆炸物的偏好（大有父亲把开矿用的炸药成包成包堆在放电视机的木柜里，从不提醒大有和妹妹这些东西有多危险）。过年时大有父亲在室内放一种直径 5 厘米、高 15 厘米的巨型爆竹。大有不止一次担心房子会在剧烈的爆炸中倒塌。大有怕响声，憎恨火药和爆竹外包装燃烧后的烟气，不喜欢各种颗粒物四处迸射，担心引发火灾。整个1990年代里，爆竹的形态和功能演化方向与大有的期待正相反。爆竹制作水平不断提升，爆炸变得越来越快、越来越响、越来越连贯。这些从亮度和声响方面建构的仪式体验，与电视机带来的娱乐标准分不开。每次点燃爆竹之前或之后，大有父亲都要把电视机音量调到最大，脸上流露出难以置信的轻松表情——显然，某种压抑已久的情绪终于得到释放。

　　大有在爆炸的巨响中听到传统消亡前的执拗低音。资本主义的魅力之一在于将每一种残存的传统变成商品，同时依稀保留其中的文化和情感认同。那些依赖仪式商品才能完成表达的传统，在将自身嵌入现代的同时，付出了自我消解的代价。村人对此并非懵然无知。但是，对他们来说，现代技术制造的声光效果比传统仪式更易于造成（短暂的）视听丧失，从而更快打开进入传统世界情感体验的通道。从点燃引线到爆竹燃尽，这段沉浸在烟雾、巨响和迸射物中的短暂时间，将传统驱魔仪式的行动结构（迫在眉睫的危险—危险解除）和情感结构（紧张—放松）展示无遗。每到农历一年的最后一天、新年的第一天和新年的第七天，所有这些都会重演一次。那之后的寂静意味着秩序恢复，象征毁灭与重生的仪式结束后，现代生活才能重新降临赤土——这个过程漫长得看不到终点，又好像一秒钟后就可以实现。无论如何，大有长舒了一口气。现在，他可以专心期待气象学上的春天快点到来了。

北纬 30 度的春天从雨水开始，以雨水结束。气温摆动幅度很大，有些年份 2 月底可着薄衣单衫，另一些年份 4 月初还会下雪，5 月初还脱不掉毛衣，好在物候不以人类体感为标准，植物有自己的时间表：梅花未谢，桃花已经打苞，油菜盛开，柳叶渐次萌发，枸杞、荆条之类光秃秃的灌木继之出芽时，多年生草本植物的新芽正穿过宿叶寻找阳光。

当大雁向北方迁徙，风还带着寒意，候鸟"呃——呃——呃——"的长鸣响彻丘陵盆地，日夜不停，与秋天南飞时的情景无异。有时候它们落在田野上休息进食，无论高压输电铁塔下方，接蓄雨水的小池塘里，河流拐弯处的沙洲上，这些有着长脖子和锐利目光的鸟类，俨然见多识广的旅人闯进闭塞的乡村，一举一动都透着不经意的老练。当它们以叫声彼此召唤，家养的鹅和鸭也发出略带敌意又底气不足的叫声相应和。

　　不久蔷薇开放，蜜蜂振翅的声音便充满村庄。山腰上有一堵土墙朝东，最早照见阳光，墙上布满数不清的孔洞。蜜蜂进进出出，花费数十年时间，将这堵墙改造成巨大无比的蜂巢联合体。每次大有小心翼翼经过这堵墙，穿过出门和归巢的蜂群，梦幻般旁若无人的嗡嗡声就占据了他对春天的全部想象。年幼的孩子将小玻璃瓶瓶口放在洞口下沿，待离巢的蜜蜂露出毛茸茸的头部，便略微抬高瓶身，让蜜蜂钻进去。当这种小动物疑惑不已地在瓶子里转圈时，立即盖上瓶盖。尽管瓶盖上事先凿好小孔，蜜蜂还是很快死去，它们带有黄黑两色条纹的身体僵直地躺在瓶底，举着腿，翅膀半张，不知是死于饥渴还是死于焦虑。

　　这些小游戏不无恶意，呼应了春天野性的气息。乡村季节性的紧张和松弛背后，不断积累的生活压力锻就了人的铁石心肠，连孩子也不例外。他们走在山野里，常常带一根竹棍或柔韧的树枝，沿路敲敲打打。棍棒打在不同的东西上发出的声音也不相同。当它"唿——"的一声掠过纤细的草本植物，就会有一些花和叶随之破碎跌落，当它"哗——"的一声敲击在灌木丛中，那声音在虚实之间，似

乎要反弹回来但终究乏力，如果"咚"的一声敲击在一棵
细瘦枫树上，树干坚硬的质地会将力量沿原路奉还到手心，
让他们感到一阵酸麻。走不多远，棍棒一头便沾满新生植
物的汁液。也不只是植物才会吸引孩子的注意力。鸟类在
树枝上追逐相亲，形形色色蝴蝶和蜜蜂从一朵花转移到另
一朵花，绿色小蚱蜢在密密麻麻的油菜荚里钻进钻出，毛
虫在吃树叶，小鱼沿水沟里日渐湍急的细流摆尾向上，每
一样生命及其生长的形式都会引发尚在幼年的人类强烈的
好奇心，每一样生命及其生长的形式都可能成为这种好奇
心的牺牲品。每一次挥舞棍棒都让他们的掌控感不成比例
地膨胀。似乎他们在这世界上要建立任何一点信心，都必
得经历这样的试探和破坏。年龄增长，试探和破坏也要随
之升级，棍棒开始瞄准动物，一开始是家禽家畜，逐渐延
伸到野外。有一年春天，大有沿水沟将许多新生的小蛇击
杀在沟底或草丛中，被父亲痛骂一顿。那是极少数他没有
因为父亲训斥产生抵触的时刻，因为在遭父亲呵斥之前，
大有已经感到手软心悸。不加甄别的屠杀让大有产生了强
烈的焦虑和自我怀疑，仿佛在玻璃瓶中失去方向的蜜蜂。

在普遍一年种植两季水稻的年代里，育种时节夜里还很冷。大有父亲用砖头在室外墙角砌起一个小方窖，稻种装在麻袋里，淋湿放进窖中催芽，麻袋上还要盖些油布之类保温材料。在水稻周期中，此事才算是一年之始。稻作对水和劳动力的需求是无穷尽的，从一开始便是如此。大有父亲每晚起床给稻种洒水，育种窖里人工制造的湿热与日后种植阶段的水田环境无异，每次掀开油布，那种潮乎乎的热气便预告性地扑面而来。稻种在麻袋中出芽时，春耕已经开始，水田经过犁、耙、平三道工序，破碎后的泥土吸收水分后呈泥浆状，此时挖出田垄导水蓄水，秧床便露出水面，微微隆起如长方形平顶小岛。秧苗出至一寸深，种子一端生出白色短须根，便可将带着根芽的稻种播撒到秧床上。起初那只是一些米罗式点状或短线状的嫩绿、浅黄和白色稀落落分布在浅棕底色上，不久须根潜入泥土，支撑秧苗一根根站起来，画风变成了大卫·霍克尼用电子笔在平板电脑上画的细草。秧苗虽已生根，仍需要温室。用长至数米的竹片，弯折成拱形，两头分别插在秧床两侧，依次排成肋架，覆以塑料薄膜。白天薄膜要掀开，晚上重新盖上，也是个很费人力的活。

天暖了，秧苗长得很快，不久可以去掉大棚。田岸上蚕豆和豌豆开过花，花落了又结荚。泡桐花呈紫白色，散发出略带金属味的香气，槐树叶变圆了，花作青白，在树上密密的雍容之极，但落到地上变得又小又薄，干枯后很不起眼。香樟换叶，藤本植物的枝条、叶片和花朵渐渐成串倒挂下来。4月下旬，秧苗分蘖变粗，色泽转为深绿，整齐的秧床如同康定斯基笔下的色块。5月初，所有水田耕作完毕，在几十厘米深的泥浆中移栽秧苗，人很快就被黏稠和冰凉的半流体耗尽精力，在全部工作结束前，连多说一句话的力气都没有。

这个季节，很小的孩子也要承担一部分工作，要么在家煮饭、喂猪，要么跟在大人身边学插秧，同趋同退。成年人插秧时双脚分立，与肩等宽，弯腰低头，从左往右插一行（共六棵，要点在于秧苗之间间距相等），右脚随即后撤一步，让出空间，从右往左插一行，左脚后撤，如此循环往复，可以几十米甚至上百米不需要伸腰抬头。大人插一行，孩子跟着插一棵、两棵或三棵，数目与年龄成正比。插秧是一种需要长时间弯腰的酷刑。大多数时间孩子被紧张气氛感染，勉力跟上父母插秧的速度，偶尔站直身体休息一下，便感到腰部全然麻木。频繁起身是不行的，因为酸痛在站直时最强烈，最终会让人丧失弯腰的勇气——为了让孩子尽早认识到这一点，当他们直起腰休息时（不免有些放空导致拖延），成年人一言不发地在他们周围插满秧苗，看他们困在苗阵中进退两难，所有人哈哈大笑，视为难得的娱乐。

催促、呵斥、嘲弄甚至故意挑弄孩子们的愤怒，这便是"农耕文明"施行道德训诫的方式。大有对父亲在水田里无休止地说教疲倦到极点，不满也在逐渐增长，于是捞起一些泥巴塞住自己的耳朵。已经无人记得这件事发生的具体时间，但过程在大有那些堂表哥和嫂子们的印象中还很真切，每当大有在赤土停留时间稍久，就会有人提起这个话头。当然那只是中年人回忆他们腰酸背痛的童年和青少年时总会提到的许多往事之一。稻作技术后来发生了很大变化，随着机器和新工艺出现，移栽环节的残酷程度大为减轻，被淘汰的旧技术因此安全地转变为谈资。回忆是集体性的，有助于标记出代际的经验边界。这种对往事的实际态度当然缺少反思的深度，最大的价值似乎只是逗在场的人一笑，但反思也不是这类谈话的目标。他们回忆并讲述，只是为了巩固记忆本身，让它们有机会流传下去。

故事将人联结在一起。如果大有淡忘所有细节甚至故事本身，就证明他不再是赤土的一分子，正如他为数众多的堂亲表亲们多少都会怀疑的那样。但如果大有记住所有事情，甚至讲出更多其他人已经忘记的细节，他们就会略微有些尴尬并且慌忙哈哈大笑起来。并不是因为那些细节真有什么可笑之处：同样是在农忙时节，大有从煤球炉子上端起一只 50 厘米高、盛满滚沸饭米汤的白铁锅，却发现周围没有合适地方放这口锅，或者妹妹用铁铲斩菜时光着脚，几乎斩断自己一根大脚趾（铲是装有长木柄的半圆形平口铁器，由兵器演化为生产工具后，不再双手执柄朝外或朝上，而是朝下，用于将木盒或木盆里的植物斩成碎片）。这些事当时令人惊恐万分，事后想起仍感到侥幸之极，何况大有和妹妹那时候甚至还不到可以跟在父母身边插一棵秧的年纪。人竟然因为这种往事失笑，也不是辛苦的农耕生活让他们失去了同情心。笑只是他们一次次重新接纳大有的标志罢了。

秧苗移栽 60 天后，那种长久弯腰不能抬头的酷刑将乘以二：收割成熟的早稻，水田立即耕作，随后（再次）移

171

栽晚稻秧苗。为了利用这个季节的光热条件，割稻和插秧交替进行，从 7 月初开始，持续两到三周。炎热的气候不但让腰背酸疼更难忍受，从麦草帽圈里淌出的热汗还常常蒙住大有眼睛。收割时，（还是）弯腰低头，一手握住稻棵（就是两个月前插下的那束秧苗）略向前推，一手持镰刀撩过稻棵根部以上约两寸高的地方。镰刀发力大小和角度视稻禾高度、茎干粗细和纤维强度而定，断口终呈斜面。稻禾割倒后，用镰刀轻轻钩住累累下垂的稻子，将稻禾放在一旁，直至堆成一大把（"把"是量词。"一大把"指双手全部张开、手心相向时能够最大限度抄起的稻禾数量）。在稻田里，老手片刻就能找到自己的节奏。他们似乎并不运用身体。身体自己运动，而大脑只是跟随，直至两者都极度疲劳，孩子们几乎陷入恍惚状态。很早的早晨或很晚的晚上，田野沉浸在墨蓝色寂静中，空气充满植物汁液的气息，虫子试探性地开始鸣唱，人们沉默的身形在微光中活动，像一场无声的皮影戏。镰刀趁夜色给所有人留下累累伤痕。

　　这类经历不但塑造了大有，也改变了事物的性质。某些季节和场景因此从记忆中凸显出来，同时忽略或抹杀了另一些季节和场景。日后，那些**噩梦**般的夏天被大有看作是对春天的惩罚。但梦在这里只是习见的隐喻，因为赤土的夏天虽然湿热却无梦可言，所有人在极度劳累中随时可以沉沉睡去。在水田中，在烈日下，在身体和肌肉记忆带他们跌跌撞撞穿过植物与铁的间隙时，人比任何时候都更容易感觉到存在之存在。活着变成一种证明，证明有某种大于活着的东西在空气之上，在空气之中，在地平线上受热变形的空气周围，在植物的质感、光泽和重量里，随后深入水温垂直分层的泥土。大有和妹妹光脚踩在泥里。泥土承受或接纳他们，让他们陷入其中。他们踉踉跄跄，狼狈且精疲力竭，但只要活着，只要意识尚存，就必然感受到一切别有目标，人只是其中一部分。从属是沉重的，仿佛牛负着轭，牵引犁耙。但从属并不止从肉体与精神的分离中制造同一，从属（因其沉重）有时也会压垮生命的本能，就像牛会因为过度疲劳而疯狂。牛会愤怒地摔掉人类发明出来强加给它们的目标与负担，或突然用尽力气加速向前冲，就像倦怠到极点的士兵扑向子弹，似乎那是唯一可能的解脱。犁头或耙齿倾斜着从泥土中拉扯出来，露出雪亮的锋刃，对人和牛都极其危险。在那一刻，每种生命都忘了它们在春天曾何等轻盈。

当大有想起赤土的春天，多数时候并非通称：不是一条标识气温变化和物候场景的时间线，也不是经过抽象和平均的身体经验，或语言文字逐渐积累出文化对环境的响应模式。当大有说出或写下春天一词，乃是一种特指，特指一段确定无疑曾发生过的时间。一切周期性出现的事物，风雨雾露，鸟兽虫鱼，花草树木，以及人类不同程度的轻快甚至雀跃之情，在这段时间里，自然都发生过。但又不限于此。如果只看周期性出现的事物，任何一段时间都不过是寻常年景，而某段时间之所以在大有记忆中被标识为独一无二的春天，乃是因为发生过某些特殊的、个别的、偶然的事实。没有通常意义上、抽象而平均、带有文化色彩的春天，有些非同寻常的事实便不会发生，或者发生了也不能被意识到，甚至意识到也不能被归纳成某些信条，并通过（多数是内在的）言说变成自我意识的一部分。但要使通称的春天变成特指，就像使一个人成为一个人，只有必要条件是远远不够的。

人从世界一个微小角落里极其有限的亲身经历中习得

的经验，当真是把握住了事理从偶然性中显现出来的时刻，还是坐井观天的泛泛之谈，大有不是很确定。大有也不能确定，发生在自己身上的变化到底是好是坏。人有时怀念一种不切实际的天真，明知这种天真可能不过是愚蠢，只因为它们使昔日之我成了今日之我。但世间一切尚在酝酿时，便如瓜豆刚刚种下，气温适宜，水土两便，种子膨胀发芽，但结果殊难预料。希望种豆得豆的人，也可能种豆得瓜，但种瓜得豆更常见，毋需说许多人一生不过竹篮打水一场空。看着三十年前性格莫测的少年，道路与前景都被今天的后见之明照亮，但当时对所有事情懵然不知。

大有记得 1990 年代的某个春夜，他走在回赤土的路上，心里充满朦朦胧胧的期许，无缘无故体验到一阵感伤，接着是一阵甜蜜，然后又是一阵感伤。情绪充满了他，就像暴雨后的空气充满苜蓿、冬小麦、油菜和看麦娘的气息。大有在黑暗中走下山坡，一个人沿国道向西，沿途感受着脚底每一颗石子的形状、大小和硬度。他经过每一棵黑黢黢的行道树，以及行道树后黑黢黢的沟渠。无数水滴在沟渠中彼此冲撞，发出异常响亮的声音。他听着水声，跟着水声，不紧不慢地走过坚硬的路，也走过倾颓的路，走过优美的单拱石桥，也走过河沟上每一块充当桥梁的石板和石条。有些石板曾做过墓碑，至今留有死者名讳，走在上面，便如走过一次接一次死亡。

　　有路他便走路，没有路便跳过每一块突起的石头或土包。那一夜，大有觉得天地万物都沉入睡眠，只有他自己和头顶的月亮，不停地走在起起伏伏的丘陵、田畈与河流之间。除了下雨，那一天没有任何好事或坏事发生，所有人，连带他们说过的话，都如烟云消散。水淹没一切，抚平一切，月光穿过巨大温柔的云朵，把影子投到地上。大有看见道路在水下隐约延伸，偶尔觉得自己是世上唯一幸运的人。就那样，他前所未有专注地走自己的路，既不害怕，也不着急，怀着希望，做好了最坏打算。那一夜，大有相信世界，也相信命运，自以为得到了通往未来的门票。

火车与猫头鹰

九

　　赤土在大有的生活中已经褪去它强制性的色彩——阳光下泥土夺目的、粉末状的红，随之褪色的是大有的记忆。青少年时代在意识中已经变成屈指可数的碎片。当大有试图探寻这些碎片与周遭事物的关联，发现它们突出于时间之流，突兀得不成比例。隔着夜雾一样模糊又不可捉摸的意识——也许是记忆，也许是梦境，也许兼而有之。这类碎片出现在面前，如同夜航之人面前闪出冰山，猝不及防，同时又有碎片崩解，人物、结构、因果和时序百不存一，如同文字被涂黑的书页，似乎有些什么在其中，影绰绰召唤你去读解，但不管费多少时间，如何苦苦思索，总不能还原出任何意义上完整的事物。破碎的记忆带来惊惶，比单纯遗忘更鲜明，更使人感觉无助。凭借那些碎片，终究不能将回忆变成前后连贯的叙事。就算为此仔细寻访，再凭借今时今日的经验和阅历，推想出寻访不得的前因后果，哪怕辅以训练有素的精细考证，也不过添加许多富于形状和色彩的细节，而用哲学辩论去模糊记忆与想象之间的界限，到底不过是徒劳。

有时候大有不免气馁地想，生命是一场遗忘，费时费力，只为了得到一个字"無"。"無"，就是写在日本导演小津安二郎的墓碑上的那个字。在镰仓时，大有曾去圆觉寺寻访小津的墓地。寺中很安静，坐在台阶上休息时，一条青蛇从孩子身后游进建筑台基。那是 9 月底，关东暑气没有散尽，圆觉寺冥寂的气息中有草绿色的潮气。路旁灌木和草丛中斜靠着没有完工的石刻和木雕佛像，在时间、空气、风和水的作用下漫漶蛀蚀。这诸法无常、缘起缘灭和成住坏空的开示很是触目惊心。大有心里想着德国导演维姆·文德斯（Wim Wenders）纪录片中小津墓地的场景，随小路转入山坡上的墓园，里面碑石林立，一时竟失去了目标。

一种熟悉的感觉向大有袭来。2000 年代后期，失去目标的感觉如此明显，以至于大有花费许多时间试图清理这种感觉从何而来，意味着什么，并观察其他人如何应对。大有和身边许多朋友经历过两次叛逆。第一次发生在 1990年代前期，也就是他们的青春期，第二次发生在 1990 年代末，一直延续到 2000 年代。在后一次叛逆期，对外部真理的反感和叛逆，在精神和行动上挑战决定论与目的论，成了他们的成年礼。但这并不意味着他们从此弃绝了非时间和超历史的真理观。相反，生活后来把其中一些人带到另一些真理（大厦、教堂或洞窟）门前。那些建立在内省和反观之上的真理体系，帮助大有的朋友们抚平了新世纪第一个十年变化无端的世界施加的心理压力，最终促使他们走上很不相同的路——就像一个被整除的自然数，竖式下方留下形形色色写法的零。当类似时刻出现在大有的生活中，大有已清楚知道那意味着什么。但知道某件事的性质，并不意味着个人选择会自动发生。选定某个目标朝前走的诱惑很大，但总有另一些理由——一些不能整除的余数——令大有停留在原地踟蹰，长久难决。

最初犹豫不定只是一种心理倾向，后来便转化为日常的精神困扰，但在另一重意义上，这种困扰也不是大有或他周围那群人所特有的，而是当时普遍存在的社会现象。

将一部分自我客体化，作为观察、描述和分析的对象，以获得一种类似社会科学知识性质的自我理解，不可避免会削弱人在寻找自我定位时必须的个人动机（无论这种动机是利益还是情感），同时也减轻了唯一属己的紧张。这样一来，困扰大有的一切便不过是广泛而均质的社会问题的一部分。作为个体，只能说服自己保持耐心，以等待某个"结构性的"时刻到来。换句话说，大有等待的是问题最终被形势简化的机缘浮现，并相信届时答案便可从理解变成选择。

2008年，"结构性的"时刻看似浮现出来。四川地震之后、北京奥运之前的经历对大有个人生活的影响是深远的。不幸本身乃至见证和讲述不幸的经历并没有让大有感觉特别疲劳，他的情绪保持着令人吃惊甚至是令人不安的稳定，虽然精神上有挥之不去的压迫感，但很快他就意识到，这种压迫感并非全然来自社会意义上的愤怒以及职业挫败，而是有更深的个人根源：对命运随机性的困惑。

兜了一个大圈，问题并没有被简化。大有又回到了犹豫不决的起点。

在随后很长时间里，随机性困惑主导了大有和朋友们的交谈。朋友们善意地向大有谈起各自对事相演进及其原理的理解，让大有知道类似的困惑在他们生活中出现的形式，以及他们如何（阶段性地）找到了克服困惑的出路。

这类出路，大体可分为原罪和共业两种说法。原罪说可以平复个体对无端受难的本能愤怒：并没有什么真正无端的事情；终极的公义与终极的责任不可分割，而责任可以追究到人背叛了他们的创造者，他们因此受到的诅咒随着生命本身代代相传。但这种旧约式的雷霆之怒，后来被新约式的责任伦理所缓和，被动承受不幸命运的受难者也因此转化成精神和行动的主体——其间的关键在于，戴罪之身也是信和爱的主体，而爱之施予，既可以发生在个体之间，也可以发生在个体与群体、群体与群体之间，还可以深植于更为复杂的社会过程。因此，对良善社会的寻求从一开始就与缓解个人精神紧张联系在一起，或者说，它们只是同一件事的不同面向或不同阶段。与原罪说不同，业力说将个体的道德困境转变为因果洪流中各种机缘的随机组合，在很大程度上能够解除一个人在地震后的世界中感受到的罪感和耻感。

关于人与世界及道德感受的两种解说——大有称之为

"罪与爱"和"缘与空"——造成长久的心理矛盾。后者不能不让大有想起小津安二郎的电影。小津的战时日记出版后，让人窥见维姆·文德斯口中"世界上最伟大的导演"作为侵略者和士兵的一面。在士兵的日常生活中（如果行军和作战也算是日常生活），小津仍能保持惊人的镇定，似乎千万人在厮杀中死去没有给他带来任何道德震动。这种镇定后来发展成小津电影中真正独一无二的风格。在战后岁月中，小津通过家庭这面镜子观察日本社会的变迁，并将其转变为节奏井然的视听叙事，年复一年，刻画之深刻细致，几乎触达中产阶级道德神经最敏感的悸动。然而，这些描绘时代的烈风起于青蘋之末的电影里，起身祝酒或吟唱能剧的男人（《彼岸花》）、藤椅中独自削苹果皮的男人（《秋刀鱼之味》）和坐在窗前摇扇子的男人（《东京物语》），每一个动作都很缓慢，带着毫无疑问的确定感，以及能牵动观众肌肉反应的身体性。不管面对的是何种命运，成功或失败，生或死，这些男人似乎都有坦然接受的决心和准备。小津在战争期间拍摄了《父亲在世时》，相依为命的父子分别在即，相约在山间激流中钓鱼，父亲的体态和动作也保持着那种令人不安的稳定。日后山田洋次拍摄

184

《黄昏的清兵卫》中江户末年两位武士钓鱼的场景，至少在视觉上受到《父亲在世时》中这场钓鱼戏的影响。家境良好的武士饭沼代妹妹朋江向丧偶潦倒的好友清兵卫提亲，而清兵卫不愿朋江忍耐贫穷的生活，拒绝了提亲。他们精神上的紧张投射到身体动作上，清兵卫为饭沼换鱼钩时刺破了手指，此时不远的河面上漂过一具饿殍。山田洋次戏剧化的叙事手法显然更符合当代电影趣味，也更贴近观众的道德体验。小津作品中男人处变不惊的反应模式，似乎是世说新语式的社会表演，或者用小津自己的话说，乃是对无常的示现。通过对情节的抗拒和否定，通过对场景和人物细微举止的凝视，小津重复着"無"这一主题。"無"，或者空，并非否认生命作为物质性和空间性的存在，而是指这种存在没有不变的本性。在道德层面，这相当于说生命是在社会尺度上展开的布朗运动：因果律将我们抛掷进轮回的进程，犹如花粉微粒落入水中，各自运动，不断碰撞，残忍却毫无目标可言。也许对临床精神分析医师来说，这种存在状态正是道德麻痹的征候。

游移于"罪与爱"和"缘与空"之间，导致很早就困惑着大有的知与行的矛盾，不断增殖，分解成知与知的矛盾，行与行的矛盾，知甲而行乙的矛盾，或知乙而行甲的矛盾。在缓慢辨析和难以抉择的时刻，母亲打来电话，问大有能否收养一位孤儿。她在电视里看到很多孩子因地震失去家人，情感受到强烈刺激，愿意和大有父亲将其中一个孩子抚养成人。大有一时语塞，不知该怎么回答她。

时间兼具两种性质，既是周而复始的循环，又是不可逆的进程。循环的时间和不可逆的时间相反相成，构成成年人生活世界的主要特征。离开大学后，大有曾在一家新闻周刊社工作，循环时间与人的行为模式之间彼此塑造的关系，最终使大有从精神上变成一个成年人：被临时设置又不断清零重设的短期目标驱使着的人类。一年有 52 个星期，大约出版 50 本杂志，内容大体是对过去一周流行的各种新闻进行报道和评述，以及对一些长期存在的社会现象，进行水平深浅不一的界定和描述，（无望地）试图将它们从社会意识的边缘地带推往过分拥挤的舆论中心。这就是大有的主要工作，目标是说服读者，让他们相信自己看到和经历的世界无非是表象，另有看不见的力量和规则在后台支配此表象世界的运作。听上去这份工作不但重要，而且不容易。毕竟，要认识并表述那些看不见的力量和规则，需要一些专门训练。用美国哲学家理查德·罗蒂的话说，将世界分为表象与实质，然后以某种方式透过表象发现实质，是欧洲哲学认识论的核心假设。但罗蒂补充说，新闻业不属于或者说不应当属于这个认识论传统，因为新闻贡献的主要是叙事，而叙事总是出自特定视角，也就是因人而异的。对罗蒂来说，新闻业的使命是让社会成员学会设身处地地考虑别人的处境和选择。然而，在实际运作中，新闻业受制于三重规则：政治、语言和出版周期，也即新闻业的时间规则。叙事和解释都是如此。

　　大有感到自己投入工作中的时间价值持续被削弱。新闻工作令人消沉。大有很快陷入抑郁之中，为了逃避与同事和采访对象见面，不去上班，一起床就坐到电视机前，机械地在几十个卫星台和有线台之间来回切换。时间长了，整点新闻主持人的妆容与话语，与肥皂剧里十分面熟的演员扮相和台词，显露出某种粗俗的相似性，增加了大有不由自主的生理厌恶。最后他勉强从沙滩椅上站起来，拉开窗帘，发现天色暗淡，一整天不知不觉就过去了。这让大有对时间的性质产生了好奇。

人的时间意识较之于时间的物理性质并不同步。人专注于某件事的时候，往往觉察不到时间流逝，恢复时间感知的那一刻，会觉得时间过得比想象中更快。也有一些度日如年的情形，时间像垂垂老者，跟在过度活跃的少年人背后，其稳定和缓慢都让人心焦，随年龄增长，情况将翻转，时间流逝速度速度会超过人的意愿，且和他们是否从事喜欢的事情毫无关系。成年人可以时时维持对时间的感知和监控，时间总是比他们以为或期待中过得快。就算什么都不做，感觉百无聊赖，也不会妨碍他们意识到时间无情流逝。因此，大有想，问题不在时间本身，因为时间并无本身可言——也谈不上所谓快或慢；问题在于成年人习惯用特定方式度量时间，又在度量时间的同时自我麻痹、自我欺骗。

　　用来度量时间及其速度的那些概念、语言、技术和工具：年、月、星期、日、小时、分钟、秒、毫秒或微秒，过去、现在、未来，永恒、刹那及瞬间，此时、彼时、当时，之前和之后，将来与后来，日晷、沙漏、盘香或钟表，都只是能指或模拟信号，随机而空洞，除非你为它赋值，否则时间什么都不是。而一旦你为时间赋值，就不但改变了时间，也改变了自己，因为赋值让人认识到时间和衰老一样，是不可逆的单向进程。为时间赋值，意味着死亡变得可见和可预期，意味着死亡这一事实不可避免地要从其他事实中涌现出来。所以，时间乃是从时间意识中涌现出来的现象。时间意识既是自我意识，也是死亡意识。为时间赋值是恐惧的根源，而恐惧令人自欺。

成长中人经历的时间往往是无意识现象。在某个人生阶段，时间并非指向不可逆的衰老，而是停滞在某个空间中，如同空气这样不可见之物，你意识不到它的存在，无需考虑这一存在的性质，也无需以工具和符号去度量和标识其向度、长度和深度。在这个人生阶段，人意识不到成长，也不知道成长乃是朝向死亡的不归路。当无知之幕落下，世界将以其粗粝的强度令他们感到震惊，但落幕的方式却大不相同——这影响他们后来的人生，有时候决定了他们将成为什么样的人。

对大有来说，这个人生阶段结束于一出小小的社会戏剧。1980年代的某天，母亲送大有到外祖父母家，没有说什么时候来接他，就匆匆离去。大有在表姐妹和表兄弟之中度过了愉快的半天，发现太阳逐渐靠近西方山顶，即将没入山后，不禁焦虑起来。外祖父母家离大有家不算太远，但大有没有单独走过这段路。他自然记得母亲带他来时的路线：穿过国道和国道以北群山脚下的一些小村庄，随着地势逐渐升高，转入进山／出山的大路。这条砂石盘山路俯瞰水库，经过一两处山坳，可望见一座石板桥。狭窄陡峭的小径从桥头右侧分出，蜿蜒上山，抵达外祖父母所在的小山村。这类山村的布局受限于山体构成。砂石山体相对容易开辟出建筑基础，但巨大的岩石无所不在，使低矮的房屋不能连片，村庄格局因此被分割得零零碎碎，建筑呈现出多层梯状和点状的结合。房屋靠山，出门数步即下临深壑。平地很少，缺少构建庭院的空间，地形不支持修建那种建筑紧密相连、有着强烈内向视觉特征的防御性宗族村庄，这里也就缺少这类村庄的生活方式和等级秩序。人们只能努力保证扩展家庭聚居在一起，大有外祖父和舅舅们生活的大屋连成一长片，坐落在山坡高处一块人工开辟出来的狭窄地基上，与左邻右舍都保持距离。大屋地基西边是狭窄的公共道路，东边是岩石（二舅舅家孩子多，后来炸开这片岩石，在离大屋几米远的地方，建造了自己的房子），北边茂密的竹林和次生林蔓延到山顶（三舅舅有孩子后，也离开大屋，在树林里建造了自己的家）。大屋虽然朝南，但光照不佳，因为对面高山遮挡早晨和上午的光线，而到了下午，太阳逐渐移入西方远山背后，这里就会沉浸在不断加深的灰色阴影之中，直到被黑暗和寂静完全吞没。在大有的童年结束那一天，正是这种不断加深的自然界的灰色阴影，从视觉侵入内心，让他平生第一次感觉到被遗弃的痛苦。

外祖父母和舅舅们生活的这片大屋不是一次性建造起来的。事实上，随着舅舅们逐渐成家，房子一直向东侧延伸，以满足新婚夫妇单独居住的需求，并接纳不断增加的人口，最终才形成大屋的格局。外祖父母生养的孩子，最后成活下来六人，大有母亲行三，有两位哥哥和三位弟弟。母亲和舅舅们的亲密关系，在一定程度上取决于她的性别，因为她是外祖父母唯一的女儿，也就是大舅舅和二舅舅唯一的妹妹，以及三舅舅、四舅舅和小舅舅唯一的姐姐（他们的亲密关系自然而然地延续到了大有这一代）。相比而言，舅舅们共有子女十一人，其中八个是女孩，只有三个男孩。母亲和舅舅这一代人中，男女比例如此失衡，很难相信是自然现象。外祖父和外祖母是否有过更多女孩？她们遭受了什么样的命运？起作用的是残酷的自然之力，还是人为的结果？除了大有最小的舅舅年轻时和大有做过一些推测，从来没有人公开探讨这类话题。等大有懂得为母亲的命运捏一把汗的时候，外祖父母和大舅舅已经去世，他们带走了这个家族的许多秘密——在这个小山村里，这类秘密想必在很长时间里是众所周知的。第二代中年龄最小的舅舅生于1967年2月，而第三代中年龄最大的表姐生于1972年10月，相隔不到5年，家族内部的生育模式便形成了显著的代际差异。差不多在同一时期，中国历史也发生了断裂。此后数十年中，性别选择仍然存在，但性别选择的动力已经从经济因素转变成了政策因素。可以肯定，如果没有计划生育政策，这个家族的规模要大得多，而父母与子女相处的模式，也一定极为不同。

舅舅们宠溺子女的态度，让大有深感羡慕。这种宠溺是舅舅们的性格使然，与子女的性别无关。尤其是大舅舅对两位表姐的爱，在城市中子女较少的知识分子家庭中可能比较常见，但在乡村中显得很另类——大有不得不承认自己的记忆可能既不准确，也不公正，因为对表亲们的嫉妒不但是他在童年时代，也是他迄今体验过的最强烈的情感之一。表亲们自由自在，因为无人管束，性格显得松弛自如，很长时间里让大有自惭形秽。大有父亲是在大有祖父缺席的情况下长大的，他把自己对父亲的心理需求强加给大有，令年幼的大有不堪重负。外祖父母家因此对大有有着特别的吸引力：在那里，大有可以远离父亲和他格外苛刻的要求。大有可以翻看表姐和表哥的书籍（虽然是些破旧的小人书或者荒唐拙劣的传奇故事，但大有享受到了无人干预的快乐），上山、下河、爬树，做顽劣乡村少年想做和应做之事，无需担心受到谴责和惩罚。以正常人的眼光看，为这些事情受到谴责已然不可想象，惩罚当然就更没有公正可言。恐惧可能导致驯服，也可能导致叛逆，但无论是驯服还是叛逆，都意味着累累伤痕。在大有的记忆（也许是想象）中，表亲们从头到脚没有这种令人羞耻的创伤烙印，所以不怕人，也不怕丢人。在1980年代的那个下午，当大有为母亲迟迟不来接他感到焦虑、愤怒和伤心时，恐惧就像外祖父家周围群山投下的阴影，将大有笼罩其间，而那些完全不知道恐惧为何物的表亲们，只是若无其事地建议大有自己回家。大有用一个孩子所能扮演最轻松的表情，敷衍他们的意见，尽量拖延做出决定的时间，希望事情仍然会有某种转机。但最后大有不得不接受现实：母亲不会来接他，没有任何人如他暗暗期待的那样留他过夜或提出送他回家，而自尊心阻碍他自己提出那样的要求。他没有选择，只能一个人面对突然变得陌生的回家的路。

二舅妈站在山腰目送大有离去（大有因此永远对她怀有一份区别于其他人的感情）。经过陡峭而乱石嶙峋的下山小径，大有因为过分紧张，一直担心自己会摔下悬崖——事实上他对那段路面非常熟悉，根本不可能摔下去。每过一会儿，舅妈就在身后喊大有的名字，让大有意识到仍然有人在看着他。大有努力让自己在应声的时候不会哭出来。终于踏上出山的砂石路面，散乱的情绪波动便因为趋于共振而变成一种微微的酸楚。那种酸楚几乎是物质性的，悬垂在大有的胃和喉头之间，在食管（也许是气管）那里渐渐膨胀起来。大有已经能望见那座石板桥——迈过桥，很快就会转出山坳，他将从此脱离舅妈的视线。那一刻大有唯一想做的事情是回头看舅妈是否仍在原地，毕竟在那个时刻，她是母亲的替身，她的目光是大有在这个世界上唯一可以依恃的事物。但即便在那个时刻，大有也知道，回头

毫无意义，他装出一切平常的样子，继续往前走去。过了
石板桥，道路转出两座峡谷的相接部，前方光景开阔起来，
阳光重回视野，依依难舍的情绪就像脱下一件衣服，突然
从大有身上消失了。转过山坳之前，舅妈的声音仍在远处
呼唤大有的名字，仿佛来自一去不返的童年时代的一声回
响。大有没有回答，径直走出她的视线，那个名字于是消
失在空气中。

十

如果 2008 年大有母亲如愿收养一个孩子，他 / 她现在也已经成年了。他 / 她会经历怎样的童年？又如何度过叛逆的青春期？这些都难以预测。无论如何，大有母亲不太可能让一个缺少安全感的孩子独自从外祖父母那里走回家。何况也没有必要。外祖父母先后于上世纪末和新世纪之初去世，他们生活过的地方已经人去山空。

外祖父母去世后，大屋空关起来，后来便显出倾颓景象。奇怪的是，大屋并没有真的像大有舅舅们猜测和担心的那样很快倒塌。相反，建造得比较晚的房子，比如三舅舅的林中之家，屋顶先塌了下来。如果不是及时清理修复，植物将毫不停顿地挤进建筑中的每一道缝隙，变成墙壁的一部分，种子将播撒在室内地面上，以人类无法想象的方式拓展它们的生存空间，直到整座建筑包裹在根系、茎干和枝叶间。不需要到过吴哥窟这类地方，只要见过植物在人类社会某些边缘地带收复失地的情景，大有就知道，三舅舅的房子只是一个缩影。大屋决计无法抵御那种主宰植物生长的循环往复的时间力量。事实上，到 2000 年代末，当年轻人搬离殆尽，大屋所在的整个村庄都在重新荒野化。

山村的命运在 1990 年代前期，也就是上海铁路局在省城和邻省间建设支线铁路时，已经埋下伏笔。这条铁路修筑在大别山和长江间的狭窄通道上，与国道（也就是古代驿路）时而平行时而交叉，全线大体沿山脚向西延伸。施工工程贯穿大有整个中学时代，铁路线从大有就读的初中校门前穿过，轨道铺设在高于地面数米的台基上。建造台基需要从学校背后的山坡取土。有些勤奋的同学常早起去山上晨读，可以看到学校周围地貌逐日发生变化。

为了补偿铁路沿线占用的土地，整个 1990 年代都处在财政崩溃边缘的地方政府采取了一些变通做法。大有外祖父母所在的村子，因为十分有限的口粮田被征用，政府就在国道旁划给村民一些宅基地用地指标，距离正在建设的新县城不远。这意味着整个村子可以从"山里"搬到"畈上"，但到了"畈上"却无田可种，村民们只能自谋生路。对一座小村而言，这件事的后效不可能有任何人能够预见，仅是当时的直接影响，也相当可观。在现金缺乏的年代建房是一件非常困难的事，但到大有上高中前后，还是有些新房将要落成，其中包括大有大舅舅的房子，一栋两开间的二层小楼。大有不能忘记这个时间，有两个原因：一是他从赤土去老县城上学，往返途中必定经过这栋房子；二是因为新房一竣工，大舅舅便确诊肝癌，不久去世。大舅舅的死被认为与建房过程中的财务问题引发肉体和精神上的深度疲劳及随之而来的衰竭有关。

大舅舅是赤脚医生，年轻时得过乙肝，后来自学了一套中西医结合疗法治疗肝病。1990 年代甲型肝炎地方性流行时，大有亦被感染，大舅舅便用这套方法为他治疗。正值大有上初中前的暑假，每天早饭后他从家里出发，步行到大屋，吃过外祖母准备的猪肝汤或蛋汤，开始输液。输完液吃午饭。下午再输液一次，便可带着草药回家。大有母亲做晚饭时将草药煎成汤剂，放至温热，让大有在饭后服用。草药里有黄连，极苦，入口很难，后来增加一味甘草，滋味更难言述，偶尔导致大有饮后呕吐。

　　大舅舅告诉大有，治疗肝病的药方是他灌醉一位同行后偷偷抄来的，且没有抄全。大有喜欢这个故事，因为它具备民间传奇的全部要素：来历不明的神奇秘方、互相竞争的同行和心怀鬼胎的酒友，一次导致秘密泄露（但又没有全部泄露）的大醉。然而，和许多民间传说一样，这个故事中也有明显漏洞。和其他几位性格随和、好酒的舅舅不同，大舅舅敏感暴躁、骄傲而不善言谈，大有很少见大舅舅喝酒，估计酒量也不甚佳——这与他处心积虑灌醉同行的故事情节明显脱节。大有不能想象大舅舅这种不苟言笑的人会吹牛，但大舅舅去世时大有年纪还小，对人性了解很有限，坚持为这个故事的真实性背书，也许不算明智。何况，考虑到大有日后以讲故事为生，这类小小的历史遗留问题实在不算什么，只要略施手段，便可缝合叙事中的破绽，保持故事完整。不但如此，大有还可以进一步考虑酒（主题1）和大舅舅的病（主题2）之间可能存在的关联。也就是说，如果"酒后盗方"是大舅舅性格和行事方式的写照，大有便能在饮酒和肝病及其导致的死亡之间建立象征性联系——这才是民间故事揭示其道德主题的传统情节模式。

但大有似乎不打算这样做，反而希望以破碎和不连续的方式记住大舅舅：他高而瘦的身材、窄长面部酷似大有外祖父，秃顶，人中很长；这种漫画式的长相很不讨人喜欢，耸出的颧骨更增加了大舅舅的凶恶感。在长相方面，大有母亲如同一条分界线，她的兄长、大有的大舅舅和二舅舅长相酷似父亲，而她的弟弟们和外祖母一样是圆脸，也和外祖母一样，有深邃的内眼窝，是不折不扣的美男子。大有母亲年轻时面庞圆润充实，生育后，脸型便日趋消瘦，长相从接近外祖母变为接近外祖父。这种变化似乎成了家族内部女性成长的标准模式，大有的表姐们大多遵循类似轨迹，年轻时丰满微胖，个性强烈，充满活力和感染力，但随着青春消逝，她们都变得消瘦温和。舅舅们和大有母亲都有高耸的鼻梁和温驯的圆形眼睛，棕黄色瞳仁闪着湿润的光泽。这种随时可以哭出来的眼神，大概只属于社群性最强的人类，他们过度丰富细腻的内心随时准备回应环境中的情感变化。事实也正是如此。大有所有舅舅都很爱哭，大舅舅也不例外。他丑陋凶恶的外表下，有一颗可能是遗传来的温柔的心。这种温柔吸引着大有，让他在少年时代不由自主地接近大舅舅，甚至总想为他做点什么。但大有又能做什么呢？

　　大舅舅死前经历了一段痛苦煎熬。肝硬化进程不可见，但对医生来说，所有维系生命的努力，其效果可以预知。大舅舅要抗拒命运残酷而绝对的手段，又知道这毫无可能，这种折磨最终击垮了他的精神。大有上高中那年秋天，大舅舅多数时候躺在躺椅上，目睹季节逐日带走所有植物的水分，西北方来的凉意从远方山脊向下，在树顶掀起层层波浪，降入山谷中汇成晚风，让庄稼、灌木和杂草来回弯折。年轻人正带着孩子搬离村庄，大舅舅本来走在迁移人群的最前方，现在却和心怀恐惧的老年人一起，被迫留在故地。那里的寂静已非昨日之寂静。每过一两周，大有去看大舅舅一次，每次都比前一次更能感受到寂静中包含的紧张。本来就很安静的山村此时安静得令人心神不宁。大舅舅不太同大有讲话。大有坐在躺椅旁，听着他若有若无的呼吸，终于意识到对大舅舅而言，自己只是熟悉的陌生人。

　　有一次大舅舅让大有为他拿一个橘子。大有在阴暗的房间里找了一圈，并没有发现什么橘子。大舅舅提醒大有，橘子就在桌子上。也许那间房对大有来说过于陌生，桌子这个词似乎又有太多可能的所指。大有不敢细问，只像只盲目的动物，在房里转圈，很久没有出来。大舅舅远远地低声嘀咕了一句什么，似乎在自言自语，接着陷入沉默。奇怪的是，这声嘀咕之后，大有便在窗户下写字台上发现几个橘子，近在眼前，几乎就在手边。橘子鲜黄的外皮如此显豁，在秋天被远山和植物过滤过的日光下，反射着维米尔笔下那种温和的光泽，无法解释为什么大有反复搜寻却视而不见。大有挑了个较大的橘子，剥去皮，递给大舅舅。大舅舅将橘子拿在手里，一瓣瓣撕下来放进口中。中午阳光还有辛辣之感，大舅舅的手冰凉。那是一个安静的时刻，也是大有记忆中和大舅舅相处的最后时刻。风吹过山中高耸的板栗树，也吹过大屋后笔直的毛竹，发出迥然不同的声音，前者像轮胎在漏气，嘶嘶声清晰而单薄，后者像照片模糊不清的景深，只听得一些团块在空气中移动。大有一直想着大舅舅那声嘀咕，感到委屈，想分辩两句，却不知从何说起。

　　风一点点带走病人的气息。大舅舅的死让大有很伤心，不仅因为死亡本身，也因为找那个橘子花费太长时间，让大有觉得大舅舅对他产生了误会。大舅舅以为大有在拖延时间，回避他和疾病的存在。大有想向大舅舅证明，事实并非如此，却意识到已经失去了这种可能。这就是死亡——一道无法跨越也不能填平的裂缝。裂缝一开始总是很小，小到死者仍然触手可及。在生者的记忆仍然鲜明的时候，他们停留在另一侧，只是无须再奔赴某个终点。但生活随后开始加速，裂缝拉宽、变长，失去边界，变成茫茫无边的空间，也许是时间——大有不知道那是什么。

大舅舅比大有母亲大得多，在她的生活中扮演了半个父亲的角色，他的死给母亲很大打击，对大有来说则别有意味。因为目睹并预见大舅舅肉身消亡的过程，死亡从令人困扰的偶然事件变成必然性显现的过程。以大舅舅的死为界，大有意识到记忆之外别无生命。除了保存记忆并凭此建构生命的叙事，人不可能以其他方式确认自己活过这一事实。

如果母亲在地震后如愿收养一个孩子，迟早有一天，他／她也会像大有一样，意识到时间是一个谜，并开始对生命中分布不均的必然与随机事件感到好奇或沮丧。当他／她回首往事，2008 年之于他或者她，就像大舅舅去世之于大有，意味着无知之幕落下，而死亡从其他事件中涌现出来。他／她将获得或快或慢的时间意识，从此觉察生命只是一叶轻舟，被时间周而复始又一去不回的矛盾的洪流裹挟、抛掷，最终不免摧毁在某处岸滩上。在不断磨损的过程中，恐惧逐渐积累，他／她和大有与其他人之间的差异渐渐消失，最终，人人成为"我们"中的一部分。"我"，那个个体的、独特的、内向的、自足的存在，终将转化为"無"，即使表面上仍残留某种差异，也可轻易被归入类型化的面目。

在无可抗拒的时间漩涡中，人维系自我的全部努力，不是用一个事实（我）来抵制另一个事实（"無"），而是用意识的力量抵制物质的力量。我终究是想象性的存在。理想的自我形象——一个应然之我——显形于其中，应然之我与实然世界之间的不透光事物，记忆，是对差异的寻求和强化，是持续修正的过程，简言之，是自我塑造的结果。但大有很快放弃了比喻，转而察觉到，想象和记忆的关系，是意识的莫比乌斯环，可以轻易从一面翻转到另一面，再翻转回来，换句话说，想象是记忆的标准，而记忆是想象的实现。

每当记忆和想象表现出这种心智的拓扑学属性，时间的性质也随之变得含混难解。酒后盗方是大舅舅的记忆，还是他的想象？大有无法区分。那个找不到的橘子，是大有的记忆还是他的想象？许多细节也无法区分。没有这两个故事，和大舅舅有关的记忆就要坍塌大半。大有不能到这两个故事之外去想象大舅舅的存在。有时候大有甚至分不清，酒后盗方出自大舅舅的记忆／想象，还是出自自己的记忆／想象，或者是他对大舅舅记忆／想象的记忆／想象。大有所有的不是耶稣会士秩序井然的记忆宫殿，而是克里斯托弗·诺兰式的镜像迷宫，一个境由心造的矩阵。大有活在其中，大舅舅和其他死者也活在其中，区别只是他们没有肉身而已。

大舅舅死后几年中，大有其他舅舅都从"山里"搬到了"畈上"。除了四舅舅，其他舅舅都不是典型的农民。"山里"土地太少，又不像"畈上"，需要在水稻种植中投入大量人力，人口过剩，粮食不能自给，意味着需要现金买粮。这些因素催生了经济属性更强的种植业和手工业。没有竹、木、水果、药材带来的现金收入，"山里"的生活是不可维系的。尽管大有外祖父一直穿着式样奇异的粗布染蓝斜襟大褂和缠腰宽裆裤，像是从 19 世纪穿越而来的古人，但当大有陪他下山，外祖父还能指点河谷两岸的山头，历数他在公社时期种植的板栗和梨树。当时大有无知无识，只是艳羡表姊妹们有春桃夏梨秋橘冬柿四季水果可吃，没想到这意味着"山里"的生活需要更加复杂的经验组合能力。在所有经济作物中，板栗所属的壳斗科植物，属相众多，有乔木，也有灌木，果实形态各异，大多富含淀粉。大有不喜欢板栗，但壳斗科植物的植株、枝叶和果实，有无可挑剔的美感，令大有格外着迷。大有在世界各地捡拾形形色色的栗子和橡实，放在空罐头盒或塑料袋里，几乎堆满一只小塑料箱。外祖父如果看到这些藏品，一定会迷惑不解，因为收藏这一行为让栗子和橡实脱离了它们作为食物的语境，而在外祖父的人生经验中，可食用性如果不是这些果实存在的唯一理由，至少也是压倒性的理由。

　　像大有外祖父母这样生男众多的家庭，几乎每个儿子都要送去学一门手艺。大舅舅随叔父学医、二舅舅退伍后随姑父学裁缝，又带出了小舅舅。四舅舅一度是家中唯一的全职农民，下山后也做了屠夫。大舅舅对三舅舅寄托甚高，一直供他读书，希望三舅舅能考上大学，几次落榜对双方打击都很大。像大有父亲一样，三舅舅退学后花了很长时间寻找不同的生活可能。他养过鸡。大有年幼时在大屋前后玩耍，如果不慎摔跤，外祖母必定会为他炖一只鸡蛋"补输"（在赤土方言中，这个词指从其他角度对不可挽回的损失所做的补偿）。这是其他表姊妹没有过的福利，完全是因为那段时间三舅舅的养鸡场还没有关闭。三舅舅做过一些资金要求不高的小生意，比如"贩树"（"贩"在赤土方言中有两类意思，一指批发销售，一指捎客，也就是经纪人。多数有"贩"字组成的合成词，都取意于后者而非前者）。粮站对粮食收购的垄断取消后，三舅舅曾下乡收粮，转手贩卖。所有生意都只是浅尝辄止。再后来，运输业兴起，三舅舅便在国道边开饭店——像所有因盲目或其他原因无疾而终的创业计划一样，三舅舅经营饭店的时间不长，但有这段经历铺垫，他顺势成了乡村红白喜事上的宴席厨师，此后三十年生意盈门，口碑极佳。

1990 年代中期，山中渐渐只剩下为数不多的老人，和更少留在山里上学的孩子。偶尔，大有按母亲要求去接外祖父下山，往往是为了让他吃上一顿糯米食。在外祖父极为有限的嗜好中，大有母亲那时有能力满足的也只有一顿糯米食了。糯米食的种类不多：用糯米蒸饭，或将糯米浸泡后磨粉，做成有馅或无馅的半球形圆子（"粑"），隔水蒸熟，又或将糯米粉搓成实心汤圆后下锅煮。不管哪一样，外祖父都吃得很高兴。年糕也是糯米食，比较考究的做法是将糯米饭放在一只小石臼里，用木棒捶捣或用手反复捽打，直到米饭失去形状和颗粒感，变成黏糊糊一大团，便可揪成小块，在手心中一握，放进事先炒熟碾碎的黄豆粉或豌豆粉中滚一滚再吃。这种费时费力的做法实在罕见，大有只在外祖父家吃过一次。"畈上"做年糕，是将和好的糯米粉团放进木质模具，表面按平，倒扣下来，形成一面有花叶纹或字样的糕饼，再上屉蒸。这样看上去比较规整而有仪式感，实际极为模式化，且无论如何，只在过年前才有。

大有不爱吃糯米食。去接外祖父的时候，赤土和畈上尚是大有个人世界的中心，山里景象约等于异域风情，外祖父如果说过更多事情，想必超出大有经验的边界，所以没有留下什么印象。也可能外祖父所说，就仅限于日后大有还能复述出来的这些了——在大有的印象中，外祖父本来就是身材奇高而沉默寡言的人。他们一老一少，走在一个即将结束的世纪里，摇摇晃晃地出了山，途中经过林场，几间瓦房坐落在一处"山荡"（连绵不断的山体突然向内凹进的平地），林场背后有成片的梨树林，那是大有母亲记忆中少女时代的焦点之一。大有见过梨花盛开的春日里连绵不断的轻柔白色点缀山间的景象，在盛夏时偷摘过尚未成熟的果实——一种青绿色，表皮光滑，分布着密密的浅棕色细小斑点，果肉雪白细腻，另一种表皮粗糙，呈棕色，果肉质地较粗，色泽也较深。不管哪个品种，未熟之时都坚硬涩口。大有将咬过一口的梨抛过树墙，丢进水库，片刻后落水时发出"咚"的一声。后来林场荒废，梨树也因为无人照管，挂果日少，再后来便不知所踪了。

　　下坡路无穷无尽。大有和外祖父经过水库大坝。大坝一头有几间管理用房，位于半山腰，门前可俯瞰山下连绵不断的稻田。外祖父村里年轻人陆续搬出山里那几年，谋生是当务之急。去沿海地区打工当时还不成风气，大多数人都经历了一段颇为艰难的过渡时期。村里有人承包水库养鱼，大概就发生在这个时期。有一次，大有和小表哥在库尾河口下网捕鱼，承包人跑过来要没收那张小渔网。小表哥力拒，大有在一旁不知如何是好。大表哥远远望见，一面大呼小叫，一面奔下山，帮着小表哥拉拉扯扯。过不多久，三舅舅赶到，一把从承包人（也是他年轻的同族兄弟）手上抢过渔网，继而破口大骂，骂着骂着，他那易于激动的天性发作，哽咽到说不出完整的话来。大有很尴尬，又感觉到大家族带有暴力基因的温暖。

争端虽是小事，回头看却相当紧要。革命后逐步恢复传统的宗族村庄，男性在血缘网络中有清晰明确的相对位置，尽管一样有各种利害冲突，但在搬迁之前，不管是冲突的程度和频次，还是冲突的性质，与搬迁后都有明显不同。这类因排他性权益导致的冲突每发生一次，就像新增一条裂缝，深入社会肌体深处。到1990年代中期，这样的裂缝在宗族网络中已经随处可见。

对世事变化，外祖父已无能为力。这或许是外祖父给大有留下沉默寡言印象的主要原因。新县城正在建设的那几年，很多工地需要用工，外祖父虽然年老，也去公安局大楼工地上看了一两年大门。大有陪祖父去工地看望外祖父。外祖父留他们吃饭。做饭的地方，就在他搭了一张简易床睡觉的工棚里。外祖父的厨艺无法恭维。他特意买了一块很肥的猪肉。大有吃得很香。

工程结束后，外祖父带着一小笔工钱返回山里，和外祖母继续守着空荡荡的大屋。几年后，大有从学校取了高考分数条，回家时路过舅舅们的新房，意外看到外祖父坐在其中一间门口，就去打个招呼。外祖父问大有考得怎样。大有记不起当时的答复，想来无非说考得不好，但可以上大学云云。大表哥和大有同年参加高考，出分那天不知道为什么没有与大有同行。后来大有意识到，那天遇见外祖父并非巧合，外祖父下山是特地为打听他和大表哥的高考成绩。第一次——也是唯一一次，大有感觉自己和外祖父之间存在深刻关联，这种关联不以大有是否意识到它的存在而转移。

大有和大表哥上大学后不久，外祖父病重，第二年初便去世了。正值大学时代第一个寒假，大有也是围在死者床边乱哄哄的后代中的一员。据说外祖父生前让大有父亲存了一笔钱在信用社，数量不多，但他和外祖母都没有动用过。几年后外祖母去世时，大有父亲将存单交给舅舅们，让舅舅们大为惊讶：除了大有父母，谁都不知道（也没想到）两位老人还有一笔积蓄。分析后一致认定，这笔钱就是外祖父当年看工地的工资。显然那是外祖父一生中最后一笔现金收入。这笔钱的来源、去向和保管方式都非常微妙。如果大有母亲不是外祖父母唯一的女儿，这笔小钱会不会引起屡见不鲜的家庭纠纷，实未可知，尽管那时候舅舅们的经济状况大有改善，外祖父母留下的现金遗产显得微不足道。这笔钱经公议后买了一批白色旅游鞋，每个子女分到一双，以此代替丧礼上用白色麻布蒙住鞋面的戴孝形式——此类异想天开的方案，将传统转化为时髦，向来是大有舅舅们的拿手好戏。

外祖父死后，外祖母度过了人生中晦暗不明的最后几年时间。她身材矮小，孤身一人，挪着裹过的小脚，日常生活——比如取水——多有不便，何况山的规模和气势，似乎能将立体的人类压成一道二维的影子。有时大有母亲去探望，却发现外祖母站在极高的板栗树上，身体轻盈，简直与鸟兽无异。外祖母为什么以及如何爬到那么高的地方，始终是个谜。大有母亲不止一次提出让她下山和舅舅同住，都被外祖母拒绝。除了子女成年难以相处，外祖母还担心，如果她离开大屋，外祖父便不得其门而入。对后一种理由，子女们报之以看似宽容的沉默。他们觉得母亲在年老和丧偶的打击下日益昏聩，绝不会想到，关于这个世界及其运作的方式，从来都有很多不同的看法。而大有，由于从小痴迷各种荒诞不经的事物，早在幼年听外祖母讲述令人毛骨悚然的鬼故事时，就从老太太的神情语态中辨识出一个泛灵论的异端世界。这个世界如同浮在理性之海中的孤岛，只有一小部分暴露在水面之上、日光之下，其主体却根植于幽暗神秘的湍流，不受现世伦理、成本收益和普遍人性支配调节。当岛屿被遗弃或半遗弃的部分渐渐沉入深水，外祖母从溺水者的视角，看到了舅舅们无法看到的东西。对她看到的景象，外祖母并非没有恐惧。小舅舅的女儿（大有最小的表妹）那时候还在上小学，每天往返畈上和山里，外祖母用吃食笼络这个孩子，争取她留在大屋过夜。这一度成为舅舅们的笑谈。

外祖母渐渐认不出大有是谁，最终将大有与一位表叔彻底混淆。这位表叔是外祖父妹妹的儿子，在南京一所大学工作，不常回家——大有与他的相似似乎仅限于最后一点。在 2001 年（可能）因脑溢血去世之前，外祖母进入了莫比乌斯环状的时间进程，朝着未来方向回到了过去。在时间之环里，大有与外祖母相逢在大有出生前的某个时刻，当时外祖母生活中唯一接近大学生形象的年轻男人，便是那位表叔。在人生落幕前为时不多的时间里，外祖母坚持用表叔的名字称呼大有。大有没有多想，便顺从地接受了新身份。如同不慎闯入一出儿童剧，大有被迫在其中扮演某个角色。对其他剧中人而言，这个角色的意义荒谬难解，但大有心里明白，他要做的无非扮演自己。舞台与现实的界限日益模糊，过去和未来交织在一起，梦中世界与醒来后一样真实——就这样，想象和记忆之间最后的屏障，也彻底消失了。

十一

当大有和同龄人在类似悬浮状态中长大成人，时间像不均匀的流体包裹着他们不及成形的意志，在变化的压力下聚散无端，随机组合，人格弹性很大。他们的身体也是如此——有几年，每个人都长得比例失调，脖子过长，四肢细瘦，躯干扁平。他们运用身体的方式笨拙失衡，动作和动作之间不相连续，充满各种尖锐折角，貌似贾科梅蒂塑造的那些人物，全身上下好像都是突出的关节。有时他们蜂拥在操场上，追逐一只足球。渐渐地，游戏规则被抛到一边，场面变得狂热失控。不可能有任何人能把球控制在脚下，因为四面八方都是动作不协调的身体向他冲过来，吃不准他们何时出脚，可能踢到什么地方。最好的办法是趁来得及踢上一脚，不选择方向，不考虑技巧，用上最大力气。足球砰然飞过人群，落到操场远端，蹦跳出几条不断缩短的相连弧线，学生们于是集体转身（像一部丧尸片中的群演），叫喊着冲过去，途中不可避免地发生各种碰撞，有人被撞翻在地，乱糟糟被踩上几脚，未及爬起，又听得"砰"的一声，球（不知被谁）开到半空。

所有人都抬起头，盯着球飞行和滑落的轨迹——大有常想把这一刻定格下来，再仔细观察那些仰着的面孔，那些热气腾腾的面孔，杂乱头发下肤色暗淡的额头，浅棕黄色皮肤紧紧包裹着没有定型的头骨，缺少肌肉和脂肪作为缓冲，大多数人眉骨都不甚高，稀疏的淡眉毛下，几乎是千篇一律的双眼皮，睫毛少而短，杏色瞳仁缺少光泽，显露出深度疲倦和缺乏维生素的各种症状。当他们挤成一团，在山腰操场上随机移动，始终望着空中的眼神充满狂热，似乎那飞起又落下的球体并非验证地心引力学说，而是在展演什么持续很久的神迹。大有想要把这个时刻转变成某种事物，既保留全部细节，再去探索其中的象征意味：当他们仰起头望着天空，除了笨拙与天真，还有一种自我消除的激情，似乎那里有看不见的漩涡，是汹涌在他们皮肉下全部热望的出口。大有想起罗伯特·卡帕1936年在西班牙内战中拍过一张照片，当时执行轰炸任务的飞机还很罕见，人们被来自空中的引擎声所吸引，他们在街上停下脚步，甚至还牵着孩子，抬头凝视缓缓张开翅膀的死神，浑然不知下一秒到来的是毁灭的光和热。

青春期到来，作为人的一切被时间巨手拉长摊薄，与此相对，大有日益固执的头脑里装满了严肃想法。有好几年，大有想要随便皈依点什么。真真假假的人物——从雷锋日记到武侠小说和世界名著——都能激起大有起伏不定潮乎乎湿漉漉的心事，像老在出汗的手心。符号世界中的人和事最终塑造了这个年轻人。但为什么大有会遇上这些人和事？为什么大有遇见的不是别的人或其他什么事？比如特列季亚科夫，苏联小说《永远十九岁》里一个角色，是个普通无奇的男孩子，19岁从军校毕业，加入炮兵，受伤，住院，爱上一个在医院里帮忙的姑娘，叫萨沙。很顺理成章的情节。书名提供了结局，开头又强化了这一点，这是一种意味深长的写作技巧。要写一本背景复杂但情节单纯的爱情小说，苏联作者的选择很少，当时大有不懂这些，单纯将年轻人的死视作积极的道德实践。实际上，特列季亚科夫的生父死于肃反，继父应征入伍，1942年死于哈尔科夫。世界大战将特列季亚科夫从出身和血统诅咒中解放出来，直到他于1944年4月28日死于敖德萨。很快，大有意识到这个故事是海明威的小说《永别了，武器》的苏联版本，但两本书的品味完全不同。从特列季亚科夫那样严肃的死到凯瑟琳·巴克莱毫无意义的死，唯一过渡是一位忏悔的俄罗斯贵族。尽管《复活》的世界离大有太遥远，太19世纪，聂赫留朵夫——因为他的年龄——也得不到大有同情，托尔斯泰的宗教感仍然让人敬畏。总之，在那个阶段，大有上瘾似地寻求敬畏和自我牺牲的故事，无意中遇见那些理想破灭的版本，免不了进退两难。

崇高的活法（或死法）与没有特别意义的活法（或死法）都与大有无关，但这时候要是有人在背后推一把，大有可能会自动跑起来，像足球场上那样，跟随一只球，或随便什么东西，不停地跑下去。显然，大有之所以跑，不是因为他被某个特别理由或目标说服，而是因为大有想跑，大有需要跑，因为无论是身体、意识还是情感，都需要调整释放。除了内分泌变化，这之中并无特别原因。

尽管营养不良，剧烈运动中吸气的时候能感觉到肋下皮肤和肌肉深深下陷，似乎要把内脏挤成一张纸，但跑动的神奇在于，有一天大有发现自己在大量出汗。大有有点害怕，又感到兴奋和欣慰。从来没人注意到大有很少出汗，大有自己意识到这一点时，已经上了高中。于是大有一边跑，一边体会着不断涌出的汗水清洗全身，感觉内衣吸收水分后塌下去，贴在背上。大有想永远跑下去。

那是个发育的信号。在此之前，大有比妹妹还矮。率先指出这一点的是大有的大妈（赤土方言称为"嬷"）。大妈偶尔从省城回赤土，一手牵着大有，一手牵着妹妹，忧心忡忡地说，"天不长，地不皱"，意思是天地一如其是，既不长大，也不缩小。第一次听到这种说法，大有觉得很新鲜，但也无可奈何。倒是大妈的担心传染给了大有。大有注意到大妈嘴唇是紫色的，身体沉重，若有所思。那时大妈心衰症状已经很严重。高二升高三那年8月第一个周末，大有从学校回赤土，没到家就听说大妈去世的消息，于是推着自行车走完了剩下的路。路程太短，大有只够想想哥哥此刻的心情，以及不知道为什么会想起大妈做过一道菜：大头菜之类块茎切成细条，用酱油腌过，呈浅棕色，半透明，脆口，下白粥很有风味。大妈死前几年，祖父曾带大有在伯伯家过年，每天早餐饭桌上必有这道菜。那是大有第一次在城市生活，见识了那个时代工业城市衰败的市容，大妈和伯伯一家窘迫的处境。大有和祖父离开省城不久，大妈发病住院，从此没能恢复健康。

从大妈去世到大有离开赤土，其中不过一年时间，当时无人意识到两件事之间的关联。大有父母去省城奔丧，家里只有祖父和妹妹，安静得过分。大妈死得太早，活着的人不仅难过，还有点讪讪的，似乎习以为常的假象被打破，真相固然不可避免，但到底难以直视。大有心里清楚，所谓真相和假象，无非是伯伯和大妈的婚姻。伯伯从海军退伍转业到省城做会计，大妈迟迟不离开赤土与他团聚，可能有感情、经济和生活方式方面的原因（尽管什么是首要原因看法不一），也不无惯例上的考量。实际上，伯伯和大妈可以分居，直到伯伯退休还乡。大多数和伯伯经历类似的同乡都采取这种做法，但最终大妈还是离开赤土去了省城，接下来十几年生活得很紧张——主要是心理紧张。伯伯不吸烟，也不允许大妈吸烟（当年极少有女性吸烟），但这只是大有听闻他们之间许多格格不入的地方之一。烟固然可能加重大妈的病情，但一个人的嗜好，无论健康与否，究竟是属于且仅属于她／他的少数事物之一。哥哥还是半大孩子时就懂得这个道理。省城的年过完了，哥哥带大有上街买了一条烟，偷偷塞给大妈。大妈露出同谋式转瞬即逝的笑，那种浅浅的、抑郁的欣慰令人难忘。大妈留着她那个年龄城市妇女中常见的短发，穿着说不出什么款式的宽松外套，介于男装和女装之间。这便是大妈留给大有的全部印象。城里熟人连名带姓地叫她罗美珍，而在她以大笑和脾气善变著称的赤土，晚一辈子弟叫她"新妈"，一个只属于她的罕见亲昵的称呼，自大有的堂表姊妹们记事起就是如此，以至于如今没人知道这个称呼的来由。

　　她是个被连根拔起的人。大有甚至对大妈的父亲和弟弟都更熟悉些，因为常常在赤土遇见他们。这个家族有标志性的淡紫肤色，嘴唇发乌，一圈浓密睫毛围住深黑的眼珠，每个人都和大妈一样眼神深邃：他们说话时习惯凝视别人，但注意力并不集中，似乎有些遥远的心事，不由自主便流露出来，自己却意识不到。大有从小对大妈抱有同情，性质也与此类似：既不知事出何因，也不知何以处置。大妈死后，每个人各怀心事，静寂的气氛加剧了大家庭将要四散的预感。

直到很多年后，大有还记得在省城冬天冻得硬邦邦的柏油马路，国有企业方方正正的院落，一家连着一家，分布在城市南北干道两侧，大院里每一栋长方形建筑的造型、色彩和装饰细节彼此相似。伯伯去世后，轮到大有代表全家去省城奔丧。大有在哥哥陪同下重新审视记忆中的建筑，它们空置已久，堆积着21世纪头二十年的全部灰尘，但墙体、窗户和大门依旧保留着1990年代初大有初见时坚固的印象。那是周围所剩不多的企业大院了。当年大院内部和大院之间还有灰色地带，为困难职工和城市贫民提供法律地位含糊的蔽身之所。如今工业用地大多变更用途，开发成住宅小区，有平整的市政道路、行道树和路灯加以区隔，权属分明，处处是围墙和看不见的红线。这一带曾给少年时代的大有十分真切的异域感，就像乘长途汽车经过一片接一片陌生风景，在大有因晕车而模糊不清的意识里，这些风景总与反复浮现又反复压制的恶心联系在一起。

　　冬天省城空气中弥漫着烧煤球的酸味。大有和哥哥在街心花园遇见一座青铜雕像，一位没有资格上教科书的地方历史人物骑着绿色的马，体积巨大。雕像下方有些残雪，晚上便冻成冰，第二天再变回雪，一冻一化间，夹杂着沙土和煤渣的扬尘乘虚而入，将它们层层染黑。马蹄下这一小堆黑白相间、形状不规则的雪，周围一圈仿佛永久性的黑色水渍，软化了雕像豪迈的造型与周边刻板惨淡的环境之间突兀的反差。这种反差本来是城市留给大有最深的印象。后来哥哥在闲谈时说雕像挪走了——语气似乎是青铜马自行活过来，载乘客去了其他地方。

从殡仪馆回大院，上楼前大有拍了几处房子的照片，都是大妈和伯伯生活过的地方。哥哥在这里长大，大妈死在这里，然后是伯伯。大有想他们不会再回这里了。那天的怀旧之旅最后一站是职工集资盖的公寓楼。大妈生前这栋楼还没有盖好，省去了她作为重症心衰患者上楼下楼的痛苦。伯伯晚年住四楼一套小两室户，防盗门外装了红色晚报箱，进门是小客厅，厨房安排在客厅朝南的阳台上，两间卧室也朝南。偶尔大有住这里，在哥哥卧室里过夜，不是通宵看小说，就是通宵看日剧，从没有好好睡过觉。

大妈去世一年后，伯伯送给大有一只皮箱和一只名牌石英表，作为大有考上大学的礼物。带着这些新鲜行李，大有经省城转车，在伯伯那里住过一夜。伯伯一个人住一间红砖平房，好像已经适应了鳏夫生活。那房子本来是仓库还是礼堂？总之进深很深，就像魔术师的帽子。家具分隔出几个不同生活区域：有主卧、次卧，祖父带大有在省城过年时，甚至临时隔出一间客房，和真正房间的区别不过是隔断不能封顶。房门口靠墙倚放一柄一米多长的铁剑，沉甸甸布满铁锈，像伯伯一样一丝不苟，临危不乱。为了庆祝大有上大学，晚上伯伯做饭，大有父亲陪伯伯喝酒。那时候伯伯在大有心目中还是很威严的中年人，只是厨艺一般。伯伯指着大有的饭碗说，不要剩饭。又说，走路挺直腰。这些指示／建议后来大有都照做了，直到今天。哥哥彼时在上海工作，指派省城的发小接替大有父亲送大有上学。第二天哥哥的发小来了，大有惊奇地发现是个比他还要瘦小的年轻人，然而笑嘻嘻的，一脸很有办法的样子。大有告别伯伯和父亲，先坐火车到江边，再乘船过江。新皮箱底下装了轮子，却没有拉杆，侧前方倒有个皮拉环，但只要拉这个拉环，皮箱必定倾倒，所以事实上不能拖着走，只能从后面推。这只箱子和那趟旅程一样怪异。行李中有一个黄色圆柱形编织袋，装着大有的新被子，虽然不重，但体积太大，编织袋只好敞着口。发小抱着、举着、有时候扛着编织袋，姿势别扭，像不自量力的切叶蚁搬运一片过大的树叶。看到这场景，大有突然想起，如果哥哥和发小同龄，也就不过比他大两岁而已，不由得心生感激。到了学校，又有哥哥别的发小接力，一切替大有安排妥当，又带他里外走一大圈，熟悉（其实小得可怜的）校园。甚至在伯伯死后，哥哥没有通知别人，赶来为伯伯送行的还是哥哥的两位发小（其中有当年送大有上学的那位）。大嫂安排男人们吃饭，在座都是膀大腰圆的中年人，大有也不例外。席间大有听哥哥和发小们闪烁其词的谈话，有一种这些人都没有长大的幻觉，与当年上学时景仰的心情正相反。

发育是个漫长但不同步的过程，有些部分开始得很迟，有些部分停止得很早。高一暑假，大有长高 7 厘米，脸型由圆变长，面颊在颧骨下凹进去，耷拉着人中，好像整天撅着嘴，显得郁郁寡欢，开学后很多人根本认不出来。迟来的发育期没有因为高中结束而中辍。大学里大有继续长高，毕业时比入学时又高了 3 厘米，肩膀变宽，体重从 50 公斤增至 55 公斤。因为高强度足球运动，心跳减缓至每分钟 60 次，肺活量 5000 毫升，右脚踝关节韧带撕裂——旧伤在此后十年里一直折磨大有，直到大有承认并接受如下事实：由于无知和大意，他已经失去了从事球类运动的可能。2000年代，大有得了过敏性鼻炎，右侧腰肌劳损，一度严重斑秃，体重悄然爬升至60公斤，并于2010年代初达到65公斤后长期稳定。我就是在这个时期认识他的。为了这本书，在失去联系多年后，大有更新了他的具体状况，包括但不限于：2010年代末，大有下牙床最靠里的位置长出两颗智齿，左右各一，显然是前青春期因为缺钙未能充分发育的恒牙。大有母亲一直认为体重70公斤对大有比较适宜，进入2020年代后，她隐约觉得这个目标有望达到，渐渐不再掩饰期待之情。2022年居家时期，大有体重激增5公斤，视频通话时母亲对此表现出明显的欣慰之情——这只是那一年很多怪异经历中最无关紧要的细节之一，但大有日后差不多花了一年半时间，才让体重逐渐回落到疫情前水平，但有些部位的脂肪已经很难去除。与此同时，他的右脚长大一码，酒精不耐受症状在第一次感染新型冠状病毒后变得非常严重。

身体的变化渗透进自我意识。其实大有早早便下决心不熬夜，至少不为加班熬夜，十几年如一日吃早餐（面包、煮鸡蛋、牛奶/酸奶/奶酪、咖啡还有水果），定期用哑铃锻炼肩颈和背部肌肉，防止颈椎退行性病变，后来又增加了针对腰部和腿部肌肉的力量练习。2010年代末，上海空气质量明显改善，大有开始骑车。这些努力没有让他变得豁达。大有开始（多少是不由自主地）留意到衰老改变人的方式：不是心智和情感因封闭而慢性腐化，而是因为失去对肉身的控制，生命的意义框架突然坍塌。大有感觉到一丝来自身体内部的恐惧。那不是对未来之不可测的恐惧，而是对过去之不可改变的恐惧——也许成长过程中长期营养不良会毁了他。谁知道呢？大有对身体的态度客气又无奈，一如对待任何重要但并不属己之物，一具（不断造业又无法舍弃的）皮囊。后者是佛经中常见的比喻，其要旨在于引出问题：肉身是我吗？其中有我吗？如无，我又是谁？我在哪里？佛陀教诲的关键在于：答案必须到问题之外去寻求。

大有不能放弃对自我及其存在形式同一性的执着，又因为如此执着感觉到同一性的分裂：始终有一部分大有/"我"自认为与肉身无关，其轻盈与不可捉摸，与身体沉滞、确凿和无可替代的物质性形成对比。只有极少数时候，身体和自我才会短暂地完全统一于某种非常状态，比如疼痛。大有经历过几次堪称可怕的疼痛：一次腹膜炎，一次伤口感染，还有一次肾结石急性发作，但最可怕的疼痛甚至无需亲身经历。感染造成的疼痛与伤口本身无关，而是因为引发腹股沟淋巴肿大，行走时很碍事，由此产生的疼痛（闷闷的并不清晰但绝非若有若无）令人恐惧。大有去了初中一墙之隔的卫生院，医生同情至极地看着大有，似乎他们相识已久，但大有审慎地避开医生的目光，由此避免了直视医生脸上极具特色的球形酒糟鼻和悬挂在脖子松弛下垂的皮肤上的肉疣。伤口位于脚外侧凸起的踝骨下方，治疗过程并不复杂。双氧水倒进伤口瞬间涌起许多细密白色泡沫，让人以为接着会有烟雾、劈劈啪啪的声音或某种特殊气味，但什么都没有发生，这时涂上红霉素软膏便可。当伤口愈合，淋巴消肿后，碍事的感觉还会像幻肢一样存在许久。伤口感染在大有那个年纪很常见，因为住校生缺乏基本卫生常识和消毒药物，学校也没有医务室——或许有而他们一无所知。大有曾陪同学去卫生院处理手掌上一处伤口，起因是开学大扫除时一根竹屑扎进患者的拇指肌肉，伤口很深，感染后长久不能愈合。这种伤口就很不好处理，医生换药时需要填入消毒纱布。还是那位酒糟鼻大夫，先用镊子拽住线头，将上次填进去的纱布取出来（大有愚蠢地震惊于小小的伤口竟可以塞进去那么多东西），再将新纱布松散地卷在圆头细金属棒上，准备原路塞回去。此时大有明智地选择退出了治疗室。即使在乡下，医院门诊照例也是筒子楼，入口和楼梯间居中，将建筑一分为二，左右有走廊，走廊两侧分布着不同科室和功能用房，水磨西门汀地面，白墙，下半截刷了绿色涂料，空气中飘着淡淡的、让人安心的消毒水味。大有快步远离治疗室，同时尽可能把注意力放在建筑的细节上（好像他是第一次来这种地方），但已经无法避免听到治疗室里传来的声音：一种绷紧肺腑肌肉尽力克制的低声呻吟渐渐失控，直至变成尖叫。大有停下脚步，背靠墙，用力捂住耳朵，忍不住浑身发抖。

　　似乎只有在这种时刻（崩溃乃至破碎的时刻），身体和自我彼此需要的程度才会超过分离的欲望。时间停止了，大有唯一能做的只是利用骨骼、肌肉、血管和神经系统的全部延展性，紧紧抱住自己，与此凝固的时间对抗，直至其恢复流动。挨过这一刻（不管多久），游离便趁隙而生。鉴于想象力在塑造感知和记忆时的优先地位，平常疼痛进入想象，可以比身体经验过最强烈的疼痛还要痛上三分，大有以为这正说明自我主要是想象的产物，而身体是第二性的，毕竟，身体变化多数是人所不能控制的，且往往发生在无意识状态下，人面对的不过是后果罢了。然而，如果身体变化让人难堪（变胖了，长了痘痘，第二性征开始出现），自我的第一反应是躲起来，乃至如一种烂俗修辞所说，想"找条地缝钻进去"。这不是灵肉二元论，而是身体和自我的多米诺骨牌效应：第一张骨牌/身体倒下后，引发无数骨牌/自我应声落地。从第二张开始，每张倒下的骨牌都对应一种自我，每个自我又对应一种托词，一种修改和塑造记忆的愿望，一种重写个人生活史的努力。但这样一来，身体岂不是成了第一性的？想象反而不过是第二性的，所谓自我成了帮助肉身适应环境的心理策略。多米诺骨牌阵似的层层叠叠的自我，不过是人（为防止可能的崩溃）预设的人性纵深、社交防线和无奈的止损点。

然而（当然是不幸的情况下），一个人的身体也会成为别人的纵深、防线和止损点。当大有小舅舅还是爱慕时髦的小裁缝，常说要给大有做一条灯笼裤，后来他改变主意，坚持给大有做了一套暗绿色细条纹面料的三件套西装，枪驳领，双排扣，剪裁宽松。这是一种过度正式的服装款式，尤其是夸张的垫肩和内衬，对穿着搭配和体态要求甚高，让大有惊惶失措。日后大有看到迈克·沃尔夫拍的照片（沃尔夫是德国人，1990年代在中国内陆旅行，拍过很多乡下年轻人的照片。这些照片的风格让人想起沃尔夫的同胞奥古斯特·桑德——德国出摄影师，当然是最奇怪的那种），才理解小舅舅那种脱离语境的职业品位，受珠三角接受外贸订单的加工厂里年轻工人业余着装风格的影响。这当然是漫长和奇妙的传播链条，与任何当代中国文化研究中描述的历史过程毫无关联——这类叙事无一例外围绕大城市特别是北京和上海这类享有政治和文化特权的中心城市展开，服装品位通常被置于代际冲突的框架下，用于论述改革开放政策带来的西方影响如何在中国内部引发文化断裂。但是，从遍布沿海乡镇的制造业工厂中溢出的文化偏好，因为跨越或者说重组了广袤地域（不仅有城乡之间还有东西之间）和更为广袤的时间鸿沟两侧的文化偏好，虽然有粗糙、强烈、突兀的视觉特征，但与这种视觉特征相联系的心理动机，却是混沌含糊，从未（也很难）阐明，很大程度上是胆怯和信心不足的。这个和香港重庆大厦一样（有时）被强制命名为"低端全球化"的文化进程，至今没有终结，它被看到的方式——有时是杀马特，有时是庞麦郎，有时是技术低劣画面模糊的文身，始终有些因为说不清就无法满足的饥渴。画虎不成反类犬的山寨感，只是这种饥渴的形式特征罢了。

大有不免有些恶作剧地想，知识分子把自己被别人说服和说服别人的经验投射到对文化接触的理解上，但在东部沿海地区打工的中西部年轻人，虽然突然置身在陌生文化里，并不需要经历理解、信服然后接受的心理过程。这些人被视作经济增长不可缺少但又不无风险的市场要素，从未被人口流入地接纳，除去松散的地缘群体身份外也没有其他认同。对工厂内外的流行文化符号，打工的年轻人有的只是最初的恐惧、兴奋，继而（几乎不由自主地）开始引用——不是引用某一种，而是引用每一种。了解并投入流行趋势的意义脉络需要地方生活的经验，这在当时是不可能的，没有人有机会皈依一种特定风格，每个人都按各自偏好从许多风格中挑选各种的元素拼接在一起，像抄错了位置的答案，创造出前言不搭后语的新效果，一种受过理论训练的头脑才能发现的新视觉秩序。

这样未能定型的文化模式有两种未来。要么自我消解，要么从明确主张自身开始，表达与主流文化相对抗的诉求。后者依赖叙事胜于一切。但叙事的困境在于它们需要被读到——也就是经由文字写出，而媒体、出版和大学里的专业叙事者控制着文学叙事的标准。所有工厂文学都在某个标准下接受精心筛选，最终成为类型化的点缀（这正是大有后来长期从事的工作）。在这群人的经历中，真正不曾靠拢、因此也无法被文化工业吸纳的叙事，是着装、发型、文身这类具身的叙事形式，它们永远在描写却无法圆满解释自己，因为借用二手文化形式受人嘲笑。但这种文化的受众，比如小舅舅，并不在意嘲笑。

对小舅舅来说，身体、物质和图像比文字表达的经验更易于接近，也更可信任。小舅舅对读书毫无兴趣。他过着全无目标的生活，倒也省去了错失目标的遗憾和懊恼。年轻时小舅舅喜欢唱歌并陶醉其中。有一次（也是唯一一次）大有听小舅舅对自己的教育水平表示遗憾，因为他以为上大学是唯一可以发掘音乐天赋的途径。因为对没有发生的事情缺少判断力，小舅舅这样的人一般不预测（也不擅长预测）未来，但要是说起他错过了什么发达的机会，可谓滔滔不绝，虽不中亦不远矣。像他这样早早离开学校的年轻人，因为小儿子的身份，也因为实际上失去土地，永远不会成为真正的农民。用竹箩挑着缝纫机在乡村流动的裁缝们，大有母亲的姑父、大有的二舅舅和小舅舅，在成衣渐成主流的1990年代中期失去赖以糊口的职业和他们在乡村社会中的位置。因为不能循规蹈矩的个性，沿海工厂对小舅舅也没什么吸引力，于是只能日渐悬浮在逐渐变形的乡村生活表面。在1990年代前的赤土，大有就从未见过类似角色。

远在大有意识到自己只是小舅舅的模特甚至替身（因此更远在小舅舅失业）之前，小舅舅主张的服装款式也只是偶尔令人兴奋，大多数情况下令人困扰，也不是大有真正想要的东西。小舅舅在研究和仿制流行风格时表现出的热情，就像大有另一位舅舅谈论金钱、权力和名声，毫无经济或其他工具理性方面的动机，只有过度代入的狂热观众在追捧新剧目时常见的自我陶醉。小舅舅从不考虑他的着装主张可能给大有带来困扰。少年时代大有身体细瘦扁平，衣物短缩放大身体失调的比例，尺码过大又显得整个人持续内缩，大有不得不时刻留意耸起肩膀甚至手肘略微外扩，似乎衣服下一秒就会从肩膀滑落。这种生涩、尴尬、自我贬低的身体经验，像真皮层因受伤暴露在外，十分平常的环境改变都会引发不相称的心理扰动。大有以为周围的人会注意到他窘迫的处境（当然并没有），被围观的幻觉不仅催生也定义了大有最初的自我意识，大有害怕、逃避、最终反感并排斥周围的视线，似乎他不是衣着整齐而是赤身裸体生活在其他人嘲讽的注视之下。

过度敏感当然不会只表现在衣着上。日常生活中一切身体经验：肌肤毛发筋骨血肉的状态、说话声音高低长短强弱、待人接物的神色、举手投足的姿态、进退转折的节奏，都会变成无穷尽的考验。大有是信心不足的应试者，又是过于严格的监考和吹毛求疵的评委。这种自编自导自演和自讨苦吃的即兴表演，是没有尽头的自我折磨，当然也是自我定义和自我塑造的过程。在标准坍塌的年代，在一切变来变去，缺少稳定的形式—意义框架可供参考的社会化过程中，天性不确定和社会不确定的双重压力使过敏从免疫学概念变成社会学概念。

过敏是身体、观念、符号系统和生活方式层面的格格不入。对抗是内在的，外在表现则是风疹、湿疹、鼻炎、肠胃炎、偏头疼，短期或长期程度不一的焦虑、抑郁，当然还有浮想联翩。大有因此变成一个不切实际的人。这个过程可以提升一个人抵抗内部压力的能力，同时让人对外部世界充满不信任甚至敌意：由此形成的性格，在自怜自艾和脆弱一面之外，往往还有富于弹性和攻击性的一面。如此自相矛盾和彼此颠覆的双重人格在 20 世纪中国人身上是如此常见，正如周作人说自己身上有两个鬼（绅士鬼和流氓鬼），可以概括多数中产阶层、专业人士和知识分子的性格。日后但凡耳闻目睹疾言厉色的极端言行，大有都深知，这类言行往往源自那些青少年时代因为过敏而创伤累累的灵魂，而现代政治中少数老谋深算之人，专门以刺激敏感、偏狭和易怒的年轻人、极化情势为能事。单从个人性格或社会语境入手，似乎都无法理解这种结构性事实，而个人性格与社会语境互相塑造的过程和机制，至今是谜，脑科学（个体心理学的替代品）和行为研究（社会心理学的另一种说法）对某些观念和行为模式人群中定向分布的现象小心地不做明确解释，这种谨慎态度固然有政治正确的考量，也实在说不清孰为因孰为果。

　　脑科学在认识论方面强烈的还原论色彩，讨论社会行为时牢牢将大脑置于不可动摇的优先地位，然后再谈一般称之为意识或认知的过程如何在神经系统生成、传递并支配其他身体部位的活动。他们显然是想为人类学从头（在字面意思上）奠定类似物理学的知识基础。但这个学科在发展它们标志性的实证研究方法时，遇到的最大困难是如何处理语言及其指称对象之间那个过于广阔和微妙的灰色领域。脑科学积累了一些解释语言现象和经验，常见的二元概念（如"绅士—流氓"），可以用脑科学术语做进一步规范描述，保持（并强化）它们在语义上的差异，然后基于此差异提出假设，构建实验方案，检验人类意义感知和行为的机制。然而语言和意义之间的关联在很大程度上是随机的，字句意义与文化（稳定的意义框架）和情境（互动过程）相关。字词语义差异多数都不像"绅士—流氓"之间的反差那么醒目，何况人在日常生活中倾向使用近义词，而不是反义词——但大有记忆中第一个高光时刻的确是反义词带来的。小学三年级时语文老师问，什么是光明的反义词，所有人闭嘴不言，只有大有激动地脱口说出"黑暗"二字——大有没有意识到，被如此简单的奖赏所激励的反义词规则，固化且强化了语词的意义标准，赋予字典过多权威，将让他失去在具体情境中把握语义微妙变化所需的敏感度。因为总被抱怨迟钝，大有后来变成近义词爱好者，总是努力探求语词意义在不同情境下不易察觉的同一与差异。一切都是对他八岁时虚荣心被极大满足的心理经验的逆向补偿。

悖论的是，听方面迟钝，并不意味着说方面坚决。多少年来，咄咄逼人的谈话者总试图让大有说出没有歧义的想法，令大有对必须亮底牌的互动模式非常反感——和我以为的不一样，大有在绝大多数事情上不仅没有固定立场，也没有明确看法。大有从小不喜欢个人声明、最后通牒、总结陈词和多余的话，习惯于迂回、暗示，围绕一个模模糊糊不明确的想法兜圈子，不是要显得高深莫测或激怒谁，只是习惯一边说话，一边梳理想法，不可避免会求诸不当比喻或过度反讽，效果也就可想而知。拙劣的比喻言不及义，太多反讽显得刻薄，很讨人嫌。听和说脱节反映在身体上，便是听的时候不耐烦，说的时候忸怩且结巴。两者都反映并加剧了大有的社会过敏症状。

十二

1990 年代走向尾声时，赤土整天吹东南风，大有站在山坡上一棵悬铃木和一棵樟树之间，朝起风方向望去，眼前除了小池塘和池塘边几棵乌桕树，便是不断延伸的稻田。深绿色晚稻大约 30 厘米高，从远处已看不见丛株之间的间隙。整个大畈被田埂分割成大大小小的长方形，这些田埂深陷稻株之间，最窄的地方仅 10 厘米，长满各种野草：阿拉伯婆婆纳、车前草、蛇莓、蒲公英、一年蓬、半边莲、荠菜和艾草，还有附地菜、黄鹌菜、牛筋草、马齿苋、葎草、鳢肠、山莴苣、蓟草、莎草和鸭跖草，鼠曲草（大有从小熟悉的"水菊"，清明前后采来嫩叶，煮熟切碎揉进糯米团，即"水菊粑"）和牵藤带蔓的马唐。马唐是本地禾本植物中的优势种，能在各种土壤上生长。夏天，大有祖父在山坡上给红薯除草，用锄头很有技巧地将马唐茎叶斩下来，带到鱼塘喂鱼。草鱼在绿色水面下不动声色地游近，忽然张嘴将一根长长的茎叶拖入水下，让人看了惊心。大有屡屡受挫于想徒手拔出整棵植株。那个季节土壤因干旱板结，用手拔出一棵马唐之所以是不可能的，不光是因为马唐根系发达，扎根太深，也是因为这种植物与土壤结合的方式。马唐植株紧贴地面，根芽一破土便分蘖数枝，往不同方向生长。一棵生长过程未经干预的马唐，最后必定长成根茎交错的微型网络，许多马唐连成一片，便有自己的生态系统，大黑蚂蚁和其他昆虫出没其间。

多年来大有坐在地上观察风吹草动虫蚁隐现，凭想象可以进入马唐和马唐之下的世界，尤其在夏天傍晚或清晨，一颗颗露水浮现在马唐有看不见的绒毛且边缘割手的叶子上，摇摇欲坠地折射着熹微的光线，仿佛无言的真理选择以可视化方式昭示自身。但那年8月，大有无所事事，突然调换了视角，每天望着田野尽头连绵不断或层层交错的低山，天地相接处白云升升落落，耳边听得风吹乌桕和杨树叶寂静中又有喧哗，一副若有所思的样子，其实头脑空空，神思与身体若即若离。

如此醇和的迅风必定来自南海深处而非北陆高原。当它们吹过赤土，便如厚而暖的巨手轻拂毛皮，其触也轻，即之也温。风钻进衣领和袖口，身体上每一寸皮肤因之变得紧张、光滑、充实，当衣服帆似的在背后鼓起，脚下忽然有未能踏到实处的感觉。大有虽未乘风而去，也能感到世界的罅隙显现，连续性正在发生断裂。时间之为物，本是一个接一个变化组成的先后序列，这时却因为陷入自我重复而盘旋不前。大有睁开眼，天已大亮，正当三伏却感觉不到暑热，像是提前开始又不断延长的初秋天气，遥遥看不到尽头；草木滋长于斯为盛，往日无数黑色蚱蝉振动鼓膜时无休止尖锐的鸣声不知为何提前消歇了，风中偶尔传来"知了"声（来自比蚱蝉小得多也精巧得多的绿蝉），第一个音符很长但并不拖拉，第二个音符虽短亦不算急促，音调由渐强而渐弱，终于也不知去向。天地间隐隐有试探的况味，但试探者是谁？想试探什么？在八月的风中，大有没有心事，没有期待，也没有可留恋的事物，"虚其心，实其腹，弱其志"，恍惚中自觉无欲则刚。

这情形转瞬即逝。不久便有火车循铁道经过山前，轮对碾压铁轨的声音清晰可闻，将现实的罅隙重新缝合起来。有时是黑色的货车，一节过了还有一节，似乎没有尽头，有时是绿色的客车，隐约能看到车上乘客的面孔和身形，每一列火车经过桥面（以跨越河流或规避公路），都会发出不切实际的声音，"空——空——空——"犹如寓言。

　　1990年代末赤土和省城间的铁路通车不久，过完年，大有和父亲乘火车到省城，在伯伯家吃过饭，匆匆去城西一家工厂接收机器零件。那时候砖窑厂已经投产，按照工艺流程分为制坯、晒坯和烧制三个车间，分别位于山冈两侧和山顶。红土被推土机集中在料场。人们从此以迥然不同的眼光看待泥土，并给了它新的命名。"原料"这个词意味着泥土将脱离成分和形态不断变化又反复还原的农业周期，进而被彻底塑形改造为单一用途的制成品。挑出大小石头后，料土被送进机器粉碎，加水搅拌至均匀状态，输入另一台机器，然后从这台机器的另一端输出巨大棕褐色规整长方体。这些长方体被传送带送到钢丝栅前，切成大小相等、湿漉漉、扁扁的砖坯。限于设备和工艺水平，砖坯的每条边线都残留着一些没切干净的泥巴，日后将在砖窑中烧制成坚固毛糙尖锐的突起物，毫不留情地损害搬运

工和瓦工的双手。制坯车间拥有赤土第一条流水线。守在
传送带两侧的女人用尖头两齿叉子叉起潮湿的砖坯，将其
送至流水线尽头的钢架车上。每把叉子都会在砖坯上留下
两个孔洞，并一直保留在那里，直到孔洞也被烧制成型。
如果细细观察，会发现每个女人叉起砖坯的角度和力量都
不相同，因此造成了孔洞千差万别的形态。车上横放几块
木板，每块木板都可以放置等量砖坯。女人们放满一板，
便有人将木板抬起，送至车身最前方，同时其他木板自动
向下滑动靠近流水线，如此反复，每次女工只需将砖坯叉
到最靠近流水线的那块木板上即可，那也是她们的手臂恰
好够得到的位置。等所有木板放满砖坯，男人拖着车跑出
车间，候在一旁的其他车子立刻接替了空出来的位置。这
大概是流水线最原始和最简陋的意义：用机器驱动人，用
机器驱动一切，包括拉砖坯的车子。这种车和农民们运粮
食的板车结构相似，都有长手把，套在肩膀上的绳带，没
有车斗或车厢，"工"字形的车轴上仅安了一块平板（板车
也因此得名），用的是充气轮胎。板车利用最简单的杠杆原
理，在平地上运东西相当省力，前提是装载合理，重心稳
定在车辆中间靠前位置。空车静止状态下车子总是重心在

后，车尾落地，拉车的人腰、肩、背和手臂同时发力，才能压低车把以放平车身，并且在上坡时始终保持对车把的压制，防止车尾下沉——下坡也是如此，如果不能用手肘将车把控制在腰部，并用腰背蹬住车子因下坡产生的加速度，车把会扬起并把拉车的人吊在空中，让他从此沦为笑柄。制坯车间在半山腰，出了车间便要上坡，对体力要求甚高，拉砖坯于是成了村里青壮男人重要收入来源。运砖坯当然不一定非要用人力，简易叉车方便快捷，但人力便宜，易于匹配前端流水线变幻莫测的生产效率（原料杂质太多、不稳定的电压、持续运转导致机器高温以及大大小小人身伤害事故在十几年中不断侵扰那条陈旧的流水线），也给地方劳动力提供了出路。很多年里劳力由大有父亲组织，过年前后还要检修机器，调试设备，更换过度磨损的零件。铁路通车后，往来省城日益方便，带上大有顺道给伯伯拜年，回程时便可将两袋十分沉重的零件运回赤土。

大有父亲似乎完全没有意识到电视上年复一年逐渐深化的春运危机。选择正月初八这天往来省城，在大有父亲只是赤土缓慢不变的时间表上最顺理成章的安排。但父子两人一下火车，便发现省城火车站广场上人潮的规模多么令人震惊。整个江淮平原和大别山东侧的廉价劳动力都集中在那里，等候开往南方的火车，很多人不得不冒着细雨在室外过夜。旅人们带着千奇百怪的行李，从式样古老的木箱，大半人高的双肩包，到随处可见装化肥的袋子（上面印着巨大但褪色的商标），每一件都鼓鼓囊囊，既无拎环，也没有背带（在人流中，除了挑或扛在肩膀上，其他任何姿势都不可能搬动这些装得过满的行李），似乎土地房屋之外的全部家当都在其中，包括被束住翅膀和双脚的鸡鸭及咸菜罐——其中必定有半罐散发着特殊气息的绿色卤水。

回程时大有和父亲各带一袋沉重的零件加入了候车人群。发车铃声远远激荡人海的涟漪，从车站四周逐渐汇聚向进站口，因为建筑的束缚推起逐渐高涨的潮头。人潮继而涌入候车室和检票口，直到进入站台才突然散开，四下都是令人恐惧的狂热奔走。漫长的深绿色列车如临大敌地沉默在铁轨上，像潮水中的礁岩一样承受反复冲击。那是最艰难的时刻，往往车门还没有打开，车身旁的每一寸地方都在发生无声的争夺，每个人都感到自己正在失去位置，担心会被挤出人群。年轻矫健的身体会冒险攀上（少数）

开着的车窗，爬进车内，让别人将行李递进去，但车内既没有人落脚的地方，更没有地方可以放置行李。尽管如此，站台上沸腾的人声仍然渐渐低落，大多数人在站立不稳的情况下被拥上爬梯，来自背后不断增强的推搡将他们送入车厢过道、送入座椅下、座椅上和座椅之间的空隙、送上行李架和洗手间，一切可以站、靠、躺或坐的地方。很多人看上去是站着，其实被架空在其他身体之间，几小时内脚尖都没有落过地。最终，车厢内一切固体将连成整体，能够让空气流通的虚空，仅剩头顶和车顶之间的空隙，而车厢接头处连空气也无法逾越。

大有早上车一步，身体被牢牢挤在洗手间门板上，万幸脚下有那袋零件，不至于悬空。开车前大有和父亲大声确认过在同一车厢，暂时放下心来，接下来便全程未能照面。火车似乎叹息着启动后，一路向西南行，沿途下着小雪，许多干燥的颗粒轻轻敲打车窗玻璃，在内燃机沉重的噪音和车轮与轨道有节奏的碰撞声中隐约可闻。车厢（也许是大有的记忆）很安静，仿佛厮杀后的战场，每个人都被幸存的疲劳击垮了，而倦怠在不流动且不断升温的空气中变得尤其强烈。随后许多年里，大有再没有在类似密度下过接触人的身体：活生生甚至热气腾腾的身体，有老有少，有男有女，呼吸着、有痛感的身体。一个年轻女孩因晕车呕吐，周围同样年轻的女孩和男孩默默忍受着，尽一切可能想要让出一点空间使空气流通，但他们的努力被证明是不可能的。身体与火车——那个钢铁、木头、塑料、玻璃和油漆的工程学结构——互相挤压，彼此对抗，前者不断试探着伸展，一次次因后者的阻滞而放弃，只能转而到其他柔软、有弹性、可凹陷和能扭转的血肉之躯中寻找受力点，尽管有违那时期的文化对身体接触根深蒂固的耻感。这是个准则和标准麻痹的时刻，理由倒也充分，所有人不久都精疲力竭，似乎不是火车载着他们，而他们拖着火车走向远方。

要再现这种因过度挤压而变形的时刻（正如泥土在制砖车间的机器中经历的一切），文字是否恰当的工具？尽管文字有其物质性和视觉性，但文字同时是线性和历时的媒介。目光依次检视字词，将文字及其叙事转变成空间（尽管是接连不断的）序列，由此构建了理解的逻辑，而身体重叠和交叉反复发生并导致压力不断累积的车厢是共时的和非线性的，逻辑（像部分乘客一样）被悬置起来。在这个（从外部看）不断移动而内部又（因僵持不下）动弹不得的空间里，身体就像是文字处理界面中的占位符号，然而是发生技术错误的文字处理界面，黑压压一片，细看都是符码，每个符码上都叠加了其他符码，文本下还有文本，意味深长，却全然不可读取。多少年来，大有和其他人保持着那种道德上尴尬（人性上却非常宽宏大量）、物理上僵硬（意识上却是灵活到极点）的身体姿态，随绿色（也可能是红色或蓝色）的内燃机车，随首尾相衔的一长串车厢，随每个车厢内额定 108 人而实际数倍于此的同行乘客，穿过省城和赤土间连绵不断的丘陵、盆地、水田和山塘，穿过河流、树木、城镇和村庄，按照计划或临时指令一次次停靠在站台或调车场，然后再次出发。所有人在这个过程中都渐渐失去了时间概念。

1990 年代末雨雪霏霏的早春，大有提前很久向车门方向挪动，下车前发现父亲靠着车门坐在装零件的袋子上，距离他直线距离不会超过 5 米。筋疲力尽的乘客下车后纷纷瘫坐在站台上，丝毫不理会雨雪让水泥站台一片狼藉。大有父亲点起烟（谁知道为什么没有揉成碎片），也递给大有一支（没有任何过渡）。二三雪花似乎是迟疑地旋转着落到白色编织袋外凸起的零件外廓上，散发出淡淡的机油味。不久后，这些零件将被取出，安装到砖窑厂过时生涩的流水线上，由此巩固赤土经济模式缓慢和微不足道的转型。与此同时，变化的洪流正携带成千上万奔赴南方的乘客，从两公里外的火车站呼啸而过。大概是火车上吸收了太多热量需要散发，大有一直没有穿外套。雪落到乘客和车站工作人员身上，也落到闪亮的或生锈的铁轨上，一边落一边融化。从站台边缘可以望见轨道离开站台，向两个方向延伸，不久便转过突出的山口，消失在视野之外。

年轻时大有经常沿铁路徒步，毫不费力就走一整天。有时一个人，有时是一群人，常常是两个人。两根枕木间的距离，半步跨不过去，一步又颇有余，不管怎么走，都很不舒服，他们于是不断变换步幅和节奏，走着走着跳起来，连续大跨步越过几根枕木，又慢下来，侧着身体，扭头仔细看好脚下距离，分腿、并腿再分腿，如同两条腿的螃蟹。沿路风景乏善可陈，当铁道穿过山间，枯燥贫瘠的山坡上生着歪歪扭扭的松树。飞机播撒种子长成的这些人工林，由于千奇百怪的病害，根本没有机会成材。这些松树带有营养不良的厌世感，令经过的行人既感乏味，又有说不出的敬畏。塞尚画过许多这类松树，在普罗旺斯圣维克多山，从画家工作室望去，有的单独一棵，有的几棵长在一起，有的从杂树林中冒出头，和大有在铁路沿线看到的松树何其相似。松树棕褐色鳞状树皮下随处可见枯黄的茅草、光秃秃灰色的荆条、黑色石头和白色砂石颗粒，正是印象派画家喜爱的配色。塞尚松树的背景中还能看到当地土黄色农宅或高架引水渠，而大有他们走着走着就到了毛竹地界，接着便是种了红花苜蓿的稻田，一条条半干涸的小河流过山谷，背风处坐落着1990年代中期以前风格的房子，高屋顶覆以灰黑小瓦，略微出挑的屋檐，屋脊下白色三角墙，承以白灰浆勾缝的红砖墙，再往下，略微突出的是大石头砌的裙墙，石头间以水泥砂浆批缝，有突出的水泥墙框。他们小心翼翼地走过山谷上空的桥梁，间或踢落几颗石子，纷纷破空而去，先后哧哧地落到地上。这些用于减震的石子铺设在轨道周围，形状虽然不规则，大小却相差不太多，棱角分明，显示出经过机器加工的痕迹。它们与天然状态下石子的差异，一直吸引着大有。

　　总有某根铁路桥柱设有工人上下的铁梯，桥面两侧有护栏，路轨和护栏之间，约有 40 厘米平台可供站立。他们想在平台上等火车通过，又不确定这样做是否过于冒险，为此喋喋争论不休。最终他们还是决定继续向前。如果是朝西走，太阳便从他们背后升起，金色光线照在白霜上，让冬天早晨慢慢软化，脚下发出咯吱咯吱脆响的枯草和泥土开始打滑，迫使他们又回到轨道上，专注地迈着不自然的步幅，适应枕木的宽度。偶尔有人回头，发现火车正转出山口，距离他们已经不远。司机没有发现路轨上有人，转弯后并未减速，他们只感到背上阳光的温度，竟没有听到火车驶近的声音。慌乱中他们蹦下轨道，奔向路轨一侧排水沟，跨过排水沟后，背靠山坡立定，眼看火车从面前驶过。山间空气受到挤压，一阵坚硬的风，先行吹过。还是绿皮火车，那些钢铁、木头、塑料、玻璃和油漆的工程学结构，此时毫无情绪，似乎只为演示空气动力学和流体力学纯粹客观的原理，一列接一列没有任何迟疑地碾过轨道、混凝土枕木和道砟。这种绝对力量及其排除一切的气势令人心寒。

火车开走很久后，心脏仍在他们年轻的胸腔里狂跳不已。也许是错觉，大有总觉得危险中有某种浪漫，某种

（当时）可望而不可即之物，并不因（眼下）缺乏可行性而受贬低或排斥。那时候他们还不能清楚了解这种特别的浪漫观念，特别是其中包含着不同程度的自我贬损：通过扭曲过去和现实，把未来转变成终极救赎。他们同情这种贬损造成的伤害，却不知只是自作自受。他们分不清批评与自卑的界限，滥用象征，将某些事物（比如铁路）视作超越性目标本身，想象通过旅行、通过心理学自我放逐、通过未来或此刻置身陌生之地、通过将周围环境彻底对象化，来获得确立自我所需的外部视角。实际上他们获得的只是一种滤镜。

从好的方面说，这种滤镜让真实的困难变得可以承受或者说容易忽略。他们还在长身体，吃饱虽不难，营养不良还很普遍。有些家长送孩子上高中，同时到校的有个咸菜罐，家长走之前去菜场买些辣椒豇豆腌好，将罐子放在床底下，接下来一个学期，学生便靠这罐咸菜下饭。还有些身材细瘦的男孩子在米饭上浇一勺辣椒酱，冲上自来水，三两口便喝完一顿饭。离家较近的学生周末可以回家改善伙食，周日下午返校时，无论家境好坏（前者大概可以多加一勺油），书包里一概放一瓶极咸的腌菜（盐主要用做防腐剂而不是调料）：腐乳（蘸一圈干辣椒粉）、胡椒酱（成熟的红辣椒磨成糊状）、胡椒渣（如今因为川菜流行通称剁椒）、咸干萝卜、腌豇豆／刀豆、腌雪里蕻、腌芥菜或咸生姜。小圈子朋友互相交换咸菜，对各家口味了解得十分透彻，似乎没什么比频繁的食物交换更能强化认同的纽带。被子短薄，长得高的学生冬天不能翻身，睡觉前便用皮带将双腿和被子捆在一起。穿军便裤和解放鞋的学生还很常见，有红色边饰的回力运动鞋虽然流行，但穿得起的人很少。偷偷摸摸的事情很常见。贫穷带来的社会景观因为常见而无人在意。少数人发育得挺拔饱满，引人注目，如果又擅长运动，就会成为真正的明星。

大有进城上高中时，什么都还带着些 1980 年代气息，学校里有灯光球场，男学生晚饭后喜欢围在球场四边，看年轻教师和学生打篮球。偶尔观众里有高年级女生，立刻便会引起蜚短流长，说谁谁谁是"公共汽车"，低年级学生瞠目无知，等弄明白其中猥亵的含义，便因为不安和震惊面红耳赤。流言的下流程度超过他们想象的边界：尽管上了高中，绝大多数学生既没有性意识和性知识，更不用说性经验，也很少有机会涉及性方面的话题。在《义务教育法》实施前，高中生通常从小就是优等生，他们能接触到的人（包括学习成绩不佳的同龄人），都很注意不在"学生"面前谈论他们不应该听到的话题。加引号的"学生"一词在赤土话里的意义，与字面意义相差甚远，差不多是古老遥远的"读书人"一词的变通说法，尽管带有些新学和新学制的意味。到 20 世纪末，新学制确立差不多有百年历史，新学进入中国的时间更早，但性在普通学校（或者说主要在普通学校）里仍然是知识禁忌，因为将天资聪颖的年轻人隔离在日常生活、实用技能和真实道德经验之外，为竞争性考试做准备，有更悠久的传统。这是一种与生长激素对抗的教育文化（偶有男生午睡遗精也被归因于营养过剩），理想人格根本是抽象的，自然将身体视作精神（也就是此理想人格本体）的牢笼。现代学制设想过野蛮其体魄的种种规划，但既不能保证学生的营养水平，也不能保证运动时间，况且，高强度体育训练激发强烈自尊心和对抗精神，会催生小团体与自治文化，有悖于教育目标和过程管理的需要，也即耐心、服从和延迟满足。

对少数天才，学校或许会另眼相看，悄悄放松管理要求，以保全这种人物有棱角的个性。大有读书时，似乎没有此类人物，连篮球场上师生竞赛也在走向尾声。毕业于1980年代的教师后来纷纷沉湎于麻将，只是小城社会风习变迁不断深入和进入后期阶段的象征，到那时候，再迟钝的人也意识到时代已经变了。篮球场上相对平等和健康的竞争气氛，以及对规则的（有限）信任，不久后从日常生活经验中消失殆尽。在这个解体时刻，大有他们相当平静地度过青春期，很大程度仰赖狭隘和想象力有限的浪漫主义滤镜：忍耐必有回报，回报因忍耐更具意义。

这种滤镜甚至使人对现实风格的事物和言行感到厌憎。一位因小儿麻痹症右臂残疾的老师曾平静地问他的学生，如果他们中每个人都去上大学，谁去扫马路？谁去卖早点？学生几乎屏住呼吸，教室里安静得极不寻常。并非因为问题（确实有一点）缺少逻辑，或答案有什么特别之处，而是如此提问打破了学生头脑中的观念屏障，将学校与学校以外的世界混为一谈。在那一刻之前，他们中大多数人认为，这种屏障不但真实，而且合理。在老师的自问自答中，学生可笑但根深蒂固的优越感受到了冒犯。这种优越感与他们（克服各种困难）在竞争性考试中取得的那些小小成就分不开。不断积累的优越感（以及同时不断积累的挫败感）成为自我认同的核心。脆弱的优绩主义之所以渐变成强大的统治意识形态，考试精英（作为幸存者）对长期回报的期待只是原因之一（他们很快就会认识到这种期待是多么不稳定和不切实际），更重要的是，优绩主义是有效的社会隔离工具。这种工具创造一种不真实但强有力的观念，维系着社会将在单一标准下持续运行的幻觉。

和砖窑厂的选料机一样，考试作为筛选原料的机制注重同质和可塑，由此衍生出来应试技巧有强烈的心理色彩，无论是强度，还是重复性，都有明显的仪式特征。高中晚自习正式开始前有一段自由活动时间，多数学生依照执拗的习惯在教室里诵读课本。尽管各有所本，音量或高或低，进度也并不一致，但嘈杂中渐渐发生奇特的同步效应：几个纯属偶然读到同一段文字的声音发生共鸣，如同随机演奏的杂乱音符中浮现出来一段可识别的旋律，其他声音随之变小，直至中断。越来越多人放弃自己正在诵读的内容和进度，转而加入那段越来越响的旋律，最后所有人高声齐诵同样的内容。这是童心未泯的游戏，也是迹近原始的巫术／宗教体验，强化了教室／考场共同体的认同。他们不但在齐声诵读中找到自己的位置和节奏，也找到快感——就像合唱甚至在烈日下练习行列式，熬过最初的疲劳和不适，一排身体便可找到自我协调的方式而无需意识过度参与，这感觉令人沉迷其中。

能打破迷幻时刻并反证其虚无的事物很少。许多人反感刻意冒犯学生的语文老师，但大有在他讲授《故都的秋》中体会到清冷的美感，一种只属于孤独个人主义者敏感的文思。那是颓废的浪漫派小说家郁达夫的散文作品，文章开头说：

> 秋天，无论在什么地方的秋天，总是好的；可是啊，北国的秋，却特别来得清，来得静，来得悲凉。我的不远千里，要从杭州赶上青岛，更要从青岛赶上北平来的理由，也不过想饱尝一尝这"秋"，这故都的秋味。

大有先是迷惑于这病态的旅行借口，读到末了，又震惊于作者毫无意义的激情：

> 秋天，这北国的秋天，若留得住的话，我

愿把寿命的三分之二折去，换得一个三分之一的零头。

那是一种没有心肝的浪漫主义，沉湎于当下，没有目标，亦无使命感，脱离大有所知的任何意义框架，比"垮掉的一代"略显做作的爱情小说更缺少真实感。如此不切实际的文字，让集体诵读显得滑稽：不可能有人齐声读出"我愿把寿命的三分之二折去，换得一个三分之一的零头"而不令人感到怪异。这种不可诵读的文本，虽未能将大有带往考场之外的世界，让他看到排他性竞争中失败者的经历和生活，却拆除了大有置身的考试幸存者的观念共鸣箱，由此展开一个零余者的世界。

并没有两种世界观念之间的竞争：所谓零余者只是思想的潜流，从未改变表层洋流的方向，也不是主流观念的对立面，甚至不是一种积极的解构工具。零余仍是结构的一部分，仅是结构中不能自圆其说之处，正如挫败感是优越感的一道裂缝。循着这类裂缝，现实（往往于无意中）处在可被怀疑和拆解的境地。对此，人的第一反应不是自由，而是恐惧，就像恐惧被挤出人群，无法登上（已经过度拥挤的）列车。要维持自我与世界之间（显然虚假）的完整性，总免不了自我欺骗。大有不可能是例外：常常是一窥之后，便怀着内心深处的战栗，倒退着离开了他认为不可长久凝视的深渊。大有要退回不再完整但毕竟相对平滑的世界，即使营养不良，狭隘而偏执，充斥着不必要的重复，但有一种让人安心的惯性，甚至也有淡淡温存的时刻。

还是晚自习前自由活动时间，在自愿选择放弃自由的教室／考场里，嗡嗡嗡嗡诵读声响起前，有个男生时而自顾吹一段口哨。大有记不起这个男生的名字或长相，唯一留存下来的印象，是他有一头稀软、发黄、细细的头发，很温顺地垂过额头和耳际。大有从来没有掌握吹口哨的技巧，便推想这与口腔骨骼和肌肉结构有关，也就是因人而异的禀赋。曲目无关紧要，哨音（清亮婉转）也非重点所在，数量总不过一首或两首，听者身心平静，沉浸在与音乐等值的时间中，既不快也不慢，不卑也不亢。对哨声的回忆让大有想起男生宿舍外猫头鹰的叫声。学校灯光球场一侧有栋破败不堪的礼堂，大有入学时改作男生宿舍，几乎整个年级的男生都住在这栋陈旧可疑的建筑里面，班级之间用竹跳板拼接成篱笆隔断（室外建筑工程搭好脚手架后，常用这种竹跳板铺在架子内部，方便工人行走，防止空中坠物）。不多久，礼堂内墙和屋顶吸纳了各种水汽、食物馊味和不知从哪里来的尿骚，像战地医院一样狼藉。偶尔大有担心跨度奇大的屋顶塌掉，所有人都要埋在里面，特别是他在那里度过的第一个冬天，天很冷，雪下得很厚。下雪前阴暗昏沉的傍晚，大有父亲突然送一双棉鞋来学校。在礼堂前空地上，他将鞋子递给大有，未作停留就匆匆离去（那时父亲还年轻，但大有看着他的背影，突然产生一种预感：父亲会像所有人一样未老先衰）。空地上有两棵枝叶繁茂的大樟树，一根空心钢管伸进枝叶深处，学生用它练习爬竿。在大有"不擅长的事情"长长的清单上，爬竿也是其中一项，但大有可以用他擅长的幻想弥补不足，想象自己爬到钢管顶端，进入树冠，能看到男生们议论纷纷的猫头鹰巢。猫头鹰筑巢在那里真是再好不过。居高临下，从没人见过它们的样子，况且学校到处是老鼠。冬天晚上，当猫头鹰发出嘶哑的啼叫，大有便侧过身，脸紧紧挨着枕头，拉起被子，将头蒙在里面。两年后，大有搬到新校区，从宿舍到教室相当于爬一座小山，宽阔无比的水泥台阶覆盖整整一面山坡，冬天雨后结冰，台阶又湿又滑，如果有人失足摔倒，势必从山顶滚落山脚，绝无中途停下的可能。大有对新校园漠然置之，那只是拖拖拉拉的县城搬迁计划中一小部分。大有高考那年，新城才稍具规模，连接新城和老城的五号路向北一直延伸，终于抵达至即将通车的火车站。一个月后，秋风将提前吹起，大有在赤土生活的时间就屈指可数了。

尾　声

　　在大有祖父漫长的葬礼上，大有伯伯和大有父亲起过一次冲突，起因是大有姑母说祖父去世前抱怨背痛。这种痛苦可能很难避免。祖父死前卧床四十天，身体日渐消瘦，在骨骼和床垫之间起缓冲作用的肌肉基本消耗殆尽。伺候弥留之际的病人不容易。偶尔大有为祖父擦拭身体，很惊奇病人吃得不多，排泄量却不见减少。在妹妹要求下，祖父用了成人纸尿裤。大有当父亲不久，换纸尿裤自然很熟练的，问题是帮病人翻身，清洁身体。尽管没有肌肉，祖父骨架仍然很沉重。换作大有父亲，护理病人常常汗流浃背。卧床引发病人虚虚实实的不适，需要及时安抚，后半夜尤其累人——疲劳诱发心衰，大有父亲一度也住进了医院。总之，这个家族主要问题是男性很多（四世同堂），女性太少（几十年来大友母亲一人持家），某些不幸因此很难避免。祖父临终前常嘟嘟囔囔地叫"大有——大有——"，过了一会儿，又叫"大有——大有——"，不是祖父想见大有，是因为大有父亲眼看要支持不住，大有责无旁贷。祖父的意识一直是清醒的。

祖父死后，伯伯回到家，摸了摸祖父的床垫，几天后与大有父亲吵一架，兄弟各不相让。他们辈分高到没有恰当的人居中协调，合村人连带请来做法事的道士都不说话，最后大有和哥哥出面，将老兄弟俩隔离开。大有劝伯伯进祖父生前的房间，坐在那里说了半夜闲话，仿佛白天的争吵没有发生过。那间房里放满祖父生前用过的物品，只是带上了死亡特有的气息。

几年后，伯伯因脑出血送到医院，大有父亲和母亲正动身去广州，大有在去机场的路上，计划在妹妹家与父母汇合。哥哥打电话给父亲，给妹妹，给大有，大有又打电话给哥哥，给妹妹和父亲，在要不要开颅的问题上莫衷一是。哥哥问他们要不要去省城，大有答复哥哥，按原计划去广州，再从广州飞省城。哥哥没有说话。

几天后，哥哥开车去机场接大有。那是省城的第二座机场，距离主城区很远。出了机场高速，向南进入城市高架，去哥哥家还要继续往西开。这让大有有机会重新认识这座城市。和1990年代相比，省城大得多也高得多了，人车拥挤，俨然新崛起的中部都会。大有上次坐哥哥的车，也是千里奔丧，祖父去世后，大有坐高铁到省城，哥哥接上他，又去接伯伯——那也是伯伯最后一次回赤土。此后，大有妹妹屡屡提议全家去广州过年，省得她和大有拖着年幼的孩子来回奔波，实际是想缓和伯伯与父亲的关系。伯伯淡淡地回绝了妹妹的提议，大有父亲坚持在赤土过年，俨然要以正统自居，尽管南方温暖的天气对他的病情有益。

　　想到祖父葬礼结束后伯伯和父亲就没有见过面，几年前大有在祖父房间里闻到过的死亡的气息，也出现在了伯伯房间里。伯伯死了，七十多年来父子兄弟间的恩怨，就算没有完全消失，也丧失了意义和焦点，让大有感到前所未有的空虚。伯伯留下两只鹦鹉，没人接手养，哥哥决定让鸟自寻生路。玻璃窗拉开，两只鸟本能地飞出去，其中一只似乎被什么吓住了，盘旋着想飞回来，但窗户已经关上了。大有在省城无事可做，无忙可帮（或许有也帮不上），坐在哥哥家专心逗猫。大嫂介绍那些猫的来历、性格、行事，和人的际遇一样奇妙而无奈。大有一边逗猫，一边想，生命及其苦楚和欢乐是整体性、不可分割和难以克服的。

在殡仪馆里看到化了妆的伯伯，自然很陌生，大有和哥哥的发小们随哥哥和大嫂三鞠躬，工人将小车推走，不久抱出一个瓷罐。哥哥用黄绸布裹好瓷罐，暂时安置在骨灰存放处。大有父亲让大有问哥哥，要不要将伯伯的骨灰运回赤土，与大妈合葬（大妈的墓紧靠祖母墓地。祖父死后，相地的风水师傅否决了祖父与祖母合葬的可能性），哥哥踌躇说，伯伯生前说过不回去啦。不回去就不回去吧。大有想起母亲多年前说过，她死后骨灰不要埋，让大有带在身边。当时大有未置可否，觉得母亲只是表达对孩子的眷恋，现在想未必不是一种恐惧。自从离开赤土，大有疏于联系家人，他的状况只有妹妹知道得略多。三个孩子里，大有觉得母亲偏爱自己一些，是否真如此，当然不可能验证，但大有长得更像母亲，的确是事实。想到日后要带着母亲骨灰生活，大有下意识考虑了些技术细节，随即意识到这种事想也无益。对母亲这种说法，父亲视为奇谭，仪式专家的考量务实而长远：赤土迟早划入城区，届时不但要拆房，也要迁墓。父亲着手在山里为自己和母亲准备墓地，也给祖父祖母、伯伯和大妈，甚至大有兄妹准备了墓地，据说规模不小。大有在电话里默默笑了，觉得无力反对，当然也无从反对。伯伯去世一年多，哥哥发微信给大有，说和大嫂去了一趟威海，带伯伯的骨灰参加海葬。伯伯年轻时在北海舰队当通信兵，值勤地点是一座孤悬海外的荒岛，谁料到五十年后洋流又带他回到这里。

伯伯值勤的那座岛离赤土算是很远了。这五十年里，赤土是个忽大忽小的地理概念，想要精确指明它的所在变得日益困难。在大有祖父和外祖父母这代人里，赤土无非是大大小小的山、崖、岭、冈、冲、塝、丘、咀、河、湖、塘、圩、畈、堰、坝和桥——这些语词构成的世界是如此崎岖不平。当然还有另一些词汇，比如描述聚居点或孤立民居用的"屋"（或"屋场"，更明确地指向村落），同时作为宗教场所和方位标识的"寺""庙""庵"，作为交通邮传系统存在的"铺""驿""亭"，以及为数不多用来指称商业和行政中心的用语如"城""镇""街"，与那些刻画、比拟或象征地理空间的语词一起使用。当世界在词与物的关系上相对简单的时候，赤土的位置大约以国道和省道相交的"T"字路口为中心，外延相当有限。基本上伯伯一生都在这个意义上使用"赤土"一词，但在他和大有父亲这一代人的生活中，很多事物的意义大为改观，地名也不例外。换句话说，伯伯在黄海波涛汹涌的小岛上给大有尚未成年的父亲写信时，浮现在心头的赤土与他写在信封上的赤土，有迥然不同的所指。后者是一个范围较广的概念，以四条河流为界，包含多个自然村。作为行政区划的赤土，有其特定的语义和语法，必须在结构中才能理解，并借助一个编码系统方可定位。大有小时候常翻看伯伯写给父亲的信。信写在 A4 大小信纸上，红色双线分行，蓝黑墨水，笔画很细，有时力透纸背，就在下一页纸留下了痕迹。这种信纸出厂时经过装订，顶端用胶水粘在一起，信件能看到手撕的痕迹（偶尔还有残存的胶水）。伯伯写字向右倾斜，竖笔很长，几乎写成撇，和他拘谨的性格似乎很不相称，但通篇看下来，字迹大小相等，间距一致，极少修改，又很有会计的作风。信纸三叠成长方块，塞在牛皮纸信封里，封好口，写上收信人邮政编码、地址、姓名、寄信人地址、姓名、邮政编码，贴足邮票，便可投寄。

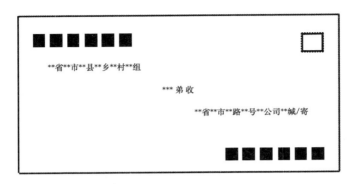

省市**县**乡**村**组

*** 弟 收

省市**路**号**公司**缄/寄

村指行政村，组指自然村。大有伯伯和大有父亲通信早期，市一级行政单位还叫"地区"，乡称作"公社"（"人民公社"的简称），长达数十年的通信结束时，伯伯转业后供职的公司（在法律上）已不复存在。这期间发生很多事，有些和大有有关。据说大有兄妹幼年都肥白可爱，又以大有为最，村里大点的孩子喜欢举着大有，假作要抛出去又接回来，大有便笑得上气不接下气。后来大有不吃不喝，哭得声嘶力竭，村人又觉得大有太肥太白，恐怕养不大。碰巧伯伯回家，在国道上拦住一辆过路车（大有运气还不错），将大有送到县医院。院长（也是伯伯的朋友）给大有开刀：病只是常见的肠套叠，但送医晚了，内部已经化脓。大有捡回一条命（手术中医院还停了一会儿电），从此变得又黄又瘦。据说全身麻醉过的孩子智力发育受影响，大有得到一个客气的绰号，叫"老憨"。这些事大有全无记忆，父母的讲述漏洞百出，不知为什么，伯伯活着的时候大有竟没有向他求证过。

　　按当年乡下的标准，大有父亲对大有的学业要求算是严格。大有完全是因为胆子小，勉强可算好学生。用大有高小时班主任（一位民办语文老师）的话说，大有的成绩是板凳上放鸡子（蛋）——这话大有听不懂，也不敢问，后来传到大有父亲那里，大有因此挨了一顿骂，原来"板凳上放鸡子"是句歇后语，意为"不稳"。大有懒、贪玩、不爱做作业，罚站是家常便饭（当然罚站的孩子总是多数），成绩起伏不定。只有妹妹高小的语文老师，因为欣赏大有写的作文，常拿大有的试卷给低年级学生做范文，有时候还拦住大有，问这问那。妹妹就是这样的氛围中长大的。这孩子的学业无人过问，成绩比大有好得多，人缘好，饭量大，高中前一直走读，每天吃四顿，不然晚上就饿得睡不着觉。多少年后大有才知道，妹妹的语文老师偏爱自己，不仅因为他作文写得好，也因为她和伯伯同过学，是（又一对）莫名其妙没有结果的恋人。祖父对大有父亲和大有提起这件事，语气仿佛是尽人皆知的事。伯伯应该写过很多信给老师吧？想到这里，大有吸了一口凉气：她不可能知道那段移情对大有多么重要，尽管她的关注对大有令人苦恼的学习成绩没有帮助，却给他许多鼓舞和慰藉。

考过小升初，数学老师力荐大有去学一门手艺。炎天烈日，湿气如蒸，父亲带大有下田间苗（赤土话称"揎秧"，指去除一部分生长状况不佳的秧苗，增大间距，改善空气流通和营养分配，以利于其他秧苗生长）。大有忍耐着一言不发，几乎中暑。放榜照例用红纸黑字开出考生姓名成绩，贴在学校外墙上，路人熟视无睹。升学的学生姓名写在榜首，大有的名字侥幸也在其中。三年后，祖父正式托付邻村的木匠，准备中考后送大有去当学徒。这回父亲做主，客客气气地问大有，有什么打算？大有小声说，想上高中。于是他上了高中，又上大学，读研究生，每考试一次，便离赤土更远一步，反而没有小升初那么刺激，那么图穷匕见，那么命运在握——握是动词，是意向和过程，要说结果么，当然十分随机。